レンタル・チルドレン

山田悠介

幻冬舎文庫

レンタル・チルドレン

目次

プロローグ

八月三十日。火曜日。午後二時四十分。

神奈川県渋野市。

乗客四十一人を乗せたバスは、国道から峠道に入った。左右に生い茂る木々が、太陽の光を遮断する。葉の揺れを眺めているだけで、涼しい気分になる。セミの鳴き声が、都会での生活を忘れさせてくれる。こんなにも気分が落ち着くのは何年ぶりだろう。俊太と一緒に来ることができて本当によかった。

見通しの悪い緩やかな坂道を、バスは一定の速度で進んでいく。くの字カーブでは、更にスピードが落ちる。

乗客の話し声が絶えない車内。窓からの景色を眺めていた熊本新太郎は、隣に座る俊太に微笑《ほほえ》んだ。

「暑くないか？」

しかし俊太は、前の座席に視線を向けたままだ。

熊本は、胸元がよれよれになっている俊太の白いTシャツを直してやった。そして、おかっぱ頭に手を置いた。艶《つや》のあるストレートヘアだ。

「お父さんは嬉《うれ》しいよ。俊太と一緒にいられて本当に幸せだ」

三十四年間生きてきて、一番の幸せを感じている。

だが、俊太の反応はない。パッチリと見開かれている目は、微動だにしない。まるで人形のようだ。それでも熊本には何の不満もなかった。あくまで、そばにいてくれるだけで……。

再び日差しが戻ると、渋野市の町が眼下に広がった。建物の一つひとつが小さく見える。車の動きも辛うじて確認できる程度だ。

熊本は俊太の肩を叩《たた》き、住宅の屋根を指す。

「あそこは赤だ。青も緑もある。ほら、黄色い屋根があるのも分かるか？」

俊太の首が、指差されたほうに微《かす》かに動く。熊本だけが笑っている。遠くから、飛行機の音が聞こえてきた。熊本が眺めている景色を、白い翼が横切った。

「ほら俊太。大きいなー」

その時だ。坂道を猛スピードで下ってくる赤いスポーツカーが熊本の目に飛び込んできた。

熊本は思わず叫んでいた。こちらのバスが見えないのか、スポーツカーは大きく車線を外れた。

　もう駄目だと目をつぶった時には、正面衝突していた。激しい揺れに襲われ、女性客の悲鳴が上がる。突然の事態に混乱し、運転手はハンドルをガードレール側に切ったようだ。危険を感じた熊本は俊太を抱き寄せる。

　バスは、白いガードレールを突き破り、崖《がけ》から転げ落ちた。

　大勢の叫び声。座席から飛ばされた熊本は、天井で背中を強く打った。それでも必死に俊太を守ろうと、両手に更に力をこめる。

　四十一の身体《からだ》と荷物が、あちこちに飛び交う。窓ガラスが割れ、外に放り出される乗客もいた。

　大丈夫……大丈夫。

　上下左右に激しく転がりながら、俊太の耳元でそう言い聞かせた。しかしその矢先だった。手すりに頭を強打し、意識が遠のいた。抱きかかえていた俊太の身体が離れていく。その直後、バスが地面に叩きつけられ、動きがぴたりと止まった。凄《すさ》まじい音が、周囲に響き渡った……。

　間もなく、バスから上がった黒煙が空を染め始めた。車内からは、呻《うめ》き声すら洩《も》れてこない。潰《つぶ》れた車体。飛び散ったガラスの破片。ポタポタと垂れるガソリンやオイル。遠くに転がっているタイヤ。窓についた血の跡……。

真上を向いた入り口のドアが突然開いた。そこから、血がつきボロボロになった服を身にまとった子供が一人出てきた。

何事もなかったかのように、その子供はバスから飛び降りる。そして、振り返りもせず、また、顔についた血を拭《ぬぐ》いもせず、表情一つ変えずに、ゆっくりと歩きだした……。


山梨第一施設の待合室のソファには、タバコを吸いながら腕時計を見つめる相田伸がいた。

「まだかよ、おい」

既に三十分も経《た》つ。いい加減待ちくたびれてしまった。それでも勤務時間が長くなれば、その分、金が多く入ってくるのだから別にいいのだった。

大学を卒業して、就職もせずにフラフラしている頃にこの仕事を見つけた。内容の割にはかなり給料がいい。楽して金が稼げるのだから最高だ。ただ、スーツを着なければならないというのが不満だが。

相田は肩まで伸びている髪の毛を両手でいじる。

最近、うざい暑さだ。そろそろ切りに行こうか。服だって買いに行かなければ。彼女にブランドのバッグをプレゼントする約束もしてるんだっけ……。

「早くしろよな」

愚痴を洩らすと同時に扉が開いた。相田は貧乏ゆすりをやめた。表情を引きしめ、立ち上がる。

メガネをかけた白衣の男の後ろには、男の子二人、女の子二人、計四人の子供が立っていた。全員五歳くらいだろうか。皆、こちらを見据えている。気味が悪いほど表情がない。

彼らを見るたびに思う。

コイツらがねえ。

「相田君」

白衣の男が口を開いた。

「はい」

「今回はこの四人を連れていってくれ」

相田は軽く頭を下げる。

「分かりました」

白衣の男は四人に向かってこう言った。

「じゃあこのお兄ちゃんについていって」

子供たちは声を揃《そろ》えて、

「はーい」

と返事した。

「頼むよ」

「はい」

相田は待合室を出て、外に向かった。そして車のドアを開け、一人を助手席に、残りの三人を後部座席に座らせる。

「じゃあ行くぞ」

反応はない。

相田はシートベルトもせずに、アクセルを強く踏み込んだ。

「痛い」

後部座席に座っている男の子が前の座席に頭をぶつけたらしく、そう呟《つぶや》いた。相田は謝りもせず、車を飛ばした。

俺はコイツらを本社に連れていくだけ。

巷《ちまた》では、この子供たちのことをこう呼んでいる。

レンタル・チルドレンと……。

契約

I

三人でいつもの道を歩いていると、五歳になったばかりの優が手を繋《つな》いできた。優は、妻の冬美の手もしっかりと握っている。私たちは腕を大きく振りながら、公園へ向かった。

「今日もまたブランコに乗るのか？」

優にそう尋ねると、

「うん！」

と元気な声が返ってきた。私は、冬美と顔を見合わせて微笑んだ。

優は、ブランコが大好きだ。公園にはジャングルジムや滑り台、シーソーや鉄棒など、いろいろあるのに、初めに乗るのがブランコで、帰るまで降りようとしない時もある。よく飽きないな、と呆《あき》れるほどだ。

「パパ！」

優が腕を引っ張ってきた。

「うん？」

「今日もいっぱい押してね！」

「よし！　優こそ怖がるなよ」

私は張りきって答えた。

「全然平気だよ！」

「お、言ったな～」

隣で冬美が、クスクスと笑った。

「怪我《けが》しないようにね」

冬美の言葉に、優は余裕の表情を見せた。

「大丈夫だよ」

「そんなこと言って。この前降りる時にバランス崩して、足すりむいたじゃないの」

「あれはただ失敗しただけ。それにちょっと血が出ただけだもん」

子供ながらに必死に言い訳をしているのが可愛かった。

「もう。今日は気をつけなさいよ」

自宅からいつもの公園まで三分だ。ブランコが見えてくると、優は私たちの手を離し、駆けだしていった。

「やれやれ」

私はそう呟き、冬美と一緒に優を追いかけた。公園に入ると既に、優はブランコに座って自分の力で揺らしていた。まだ立って乗るのが怖いらしく、小さく小さくこいでいる。

「パパ、早く押してよ！」

座りながらだと上手《うま》く揺らせないのだろう。すぐに呼び出しがかかる。

「はいはい」

私は優の後ろに回り、軽く背中を押してやった。それでは不満らしく、文句が飛んできた。

「もっと強く！」

「分かったよ」

私は右手に力を入れる。

「あなた、ほどほどにね」

私は冬美に頷《うなず》き、

「しっかり摑《つか》まってろよ！　それ！」

と優の背中を前に押し出した。

「いえーい！」

優は足をブラブラさせながら歓喜の声を上げた。

「もっともっと！」

「優！　ほどほどにしなさい」

冬美の注意など聞く耳を持たない。

「パパ！　もっと揺らしてよ」

私もこれ以上は危険だと思い、力を加えるのはやめ、真後ろで見守った。

「パパ！　押してよ！」

その時、突然、強い風が吹き、砂埃《すなぼこり》が舞った。砂が目に入るのを避けようと、顔を下に向けた。そして、視線を元の位置に戻した。すると、ブランコに乗っていたはずの優が消えている。まるで、風で吹き消されてしまったかのように……。

ただブランコだけが揺れていた。呆然《ぼうぜん》としている冬美と目を見合わせる。

「優？　優？　どこだ？」

私と冬美は慌てて探したが、優の姿は見当たらない。ほんの一瞬で、どこかに隠れられるわけがなかった。

「優！　出てきなさい！　優！」

いくら叫んでも、息子は出てきてはくれなかった。

「優？　どこなの？」

冬美の声も、大空に虚《むな》しく散る。私は公園内を走り回って、名前を呼び続けた。

「優！　優！　優！」

その時だ。パパ！　ママ！　と優の声がした。私と冬美はハッとして、公園から道路に出た。

遠くのほうに、優の後ろ姿が見える。

しかし、少しずつ離れていく。

「優！」

追いかけても、振り向いてはくれない。距離は広がるばかりだ。

「待って！　優！」

「止まるんだ！　優！」

聞こえていないようだった。その後ろ姿は、霧に包まれ次第に消えていった。

「優！」

私はその場にくずおれてしまった……。

十月二日。日曜日。

里谷泰史は、飛び上がるようにして目を覚ました。秋だというのに、全身が汗でビッショリだ。普段は真ん中分けの髪の毛も、グシャグシャに乱れている。よほどうなされたのか、毛布と布団が全然別の場所にある。シーツもめくれてしまっている。

泰史は、魂まで抜けてしまうようなため息をつき、肩を落とした。

悲しくて、嫌な夢だった。優と再会できたと思った矢先、離れていってしまったのだから……。

狭い寝室に、泰史はポツンと座っていた。隣に冬美の姿はなかった。どこにいるのだろう。布団はたたまれている。

時計の針は九時四十分を示していた。泰史は、小さな仏壇の前に正座し、線香に火をつけ、手を合わせた。

「優……おはよう」

しばらく、遺影を見つめる。写真はずっと笑顔のままだ。

泰史は乱れた布団をそのままにして立ち上がる。

喉《のど》が渇いた。身体が妙に重く感じられる。部屋の扉を開けると、涼しさを感じた。

どの部屋も明かりがなく、薄暗い。外が曇っているせいもあるが、今の家庭状況を表しているようだった。どんよりとした空気が張り詰めている。

泰史はキッチンの冷蔵庫からミネラルウォーターを取り出し、一口、二口と胃に流し込んだ。冷たい液体が、スーッと胃にしみていくのが分かる。喉を潤した泰史は、テーブルの椅《い》子《す》に腰掛けた。目の前には、冷めたご飯と焼き魚と味噌《みそ》汁。冬美が作った朝食だ。一応こうして家事はしてくれるのだが、コミュニケーションがない。どうぞ食べてくださいと書かれた目に見えない紙が、置いてあるかのようだ。

泰史は箸《はし》を手に取り、重い口を開いて、少し硬くなったご飯を一口食べた。食感だけだ。この二年、何を食べても美味《おい》しいと感じたことはなかった。食事は、餓死しないための事務的な作業になっていた。

こんなにも暗い生活を送ることになるなんて、誰が予測しただろうか。冬美が元気になってくれるだけでも、少しは違うのだが。

朝食を済ませた泰史は食器を流しに置き、キッチンを後にした。

休みの日が一番辛《つら》い。家にいても何をしたらいいのか分からない。気が紛れる分だけ、仕事しているほうがましだ。

一階の和室の横を通り過ぎた泰史は、気づかれぬよう中を覗《のぞ》いた。

部屋の真ん中には、正座する冬美の姿があった。優の写真をじっと眺めている。微かに肩が上下に動いているだけ。時折、深い息を吐く音が伝わってくる。

　優が死んでから、ずっとこの調子だ。優が生きていた頃は明るく、お花の稽古《けいこ》にもよく行っていたのだが、今は家に閉じこもってしまっている。最愛の子供を失ったのだ。無理もないのだが、昔とは別人のようだ。

　優がいなくなり、彼女は随分と痩《や》せた。髪も背中の中ほどまで伸びている。スタイルに気を遣うこともなくなった。

　冬美とは現在の職場で知り合い、二年間付き合って結婚した。泰史の一目惚《ぼ》れだった。当時好きだったアイドルに似たショートカット。チワワのような真ん丸の目が可愛らしく、泰史は胸打たれたのだった。

　そして、お互い二十七歳の時に優が生まれた……。

　写真を眺めている冬美が、こちらの気配を感じたのか、ゆっくりと振り返った。

「お、おはよう」

　声をかけると、冬美は小さく口を動かした。

「おはようございます」

　言葉に力がない。

「ここに……いたんだな」

「ええ」

「疲れてないか？　昨日は、大変だったから」

「大丈夫です」

「……そう」

冬美は向き直り、再び写真を見つめる。そしてこう呟いた。

「あの子が死んで、もう二年が経ったんですね。早いですね」

あっという間だった。昨日は優の三回忌だったのだ。

「ああ。そうだな」

突然、冬美の全身が小刻みに震えだした。

「どうして、あの子だけが……」

かける言葉が見つからず、和室を後にした泰史は二階に上がった。

なぜここにやってきたのだろう。悲しくなると分かっているのに。

〈優〉と書かれたプレートがかけてあるドアを開く。部屋の中は暗く、明かりをつける。

子供用の机の上はオモチャだらけ。床にも、プラモデルが転がっている。優が死んでからも、あえて当時のままにしてあるからだ。

泰史は、枕の横に置いてある、優が特に気に入っていた電子銃を手に取った。

クリスマスに買ってやったオモチャだ。引き金を引くと音が鳴る仕組みになっている。優は、肌身離さずこれを持っていた。そして、こちらに向けてバンバンと言いながら喜んでいた。それに付き合い、死んだふりをした。冬美も一緒に。笑顔が絶えなかった……。

まさかあれから一年足らずで、優が自分のそばからいなくなるなんて。

泰史は、机の上の写真立てを手に取った。

写真いっぱいに広がっている優の笑顔。幼稚園の運動会の時に撮ったものだ。

前髪が綺麗に揃っているのは、前日に泰史が切ったからだ。

冬美に似た真ん丸の目。自分とそっくりな薄い眉《まゆ》。大きな口はどちらに似たのだろうか。

活発な男の子だった。幼稚園ではリーダー的な存在だったらしく、いつもみんなを引っ張っていってくれると、先生にほめられていた。喋《しゃべ》り方もハキハキとしていて、近所の人には、とても幼稚園児とは思えないと言われていた。

本当に将来が楽しみだった。まさか、五年でこの世を去るなんて……。

死因は、敗血症という聞いたこともない病名だった。細菌が原因らしく、発症すると生存する確率は、かなり低いとのことだった。大学からの友人が担当医を務めてくれたのだが、難しい説明ばかりで素人にはさっぱりだった。ただ、優の状態が徐々に悪くなっていることだけは明らかだった。

ＩＣＵで薬を投与してもよくなる気配はなく、血圧は低下していくばかり。もちろん最後まで諦《あきら》めはしなかったのだが、病魔に克《か》つことはできなかった。十月一日、午前五時四十分に、心臓停止が確認された。

あの時、どうしてこんなにも小さな命を奪うのだと、神を恨んだ。しかも自分ではなく、息子なのだと……。

あの日から、何もかもがおかしくなった。

大事な一人息子を奪われた冬美は半ノイローゼになり、今でもあんな状態だ。まさかここまで引きずるとは思ってもみなかった。初めての子供だっただけに、ショックが大きすぎたのだ。

そういう泰史も、全てに対して力が入らない。しっかりしているつもりなのだが、いつしか過去のことばかりを思い浮かべている。

もし優が生きていれば今頃は小学一年生か……。ランドセルを背負って、元気に登校している姿が目に浮かぶ。

行ってきますと言って、手を振る……。

二年前までは、この部屋に優がいた。明るい声が、家中に響き渡っていた。三十年のローンを組んで買ったこのマイホームも、ただ寝るためだけのものになってしまった。以前は、帰ってくるのが楽しみだったのだが。

泰史は我に返り、電子銃と写真立てを元の位置に戻した。家のチャイムが鳴ったのだ。急いで階段を下り、玄関を開けると、そこには和服姿の母が立っていた。

「か、母さん。どうしたんだよ」

昨日《きのう》会ったばかりではないか。何か急な用でもあるのだろうか。

「ちょっと話があってね。上がらせてもらいますよ」

この日はいつも以上にツンとしている。あまりいい予感はしない。

「あ、ああ」

泰史は慌ててスリッパを棚から取り、母の足元に置いた。

「冬美さんは？」

「いるけど」

「三人で話がしたいの」

母はリビングのソファに腰掛けた。

「何の用だよ」

「いいから。揃ったところで話します」

冬美にあまり負担をかけたくはないが、追い返すわけにもいかず、泰史は再び和室に向かった。


キッチンから、冬美がお茶を運んできた。

「どうぞ」

母の前に湯飲み茶碗《ぢゃわん》を置くが、お礼の一つも言わない。何が不満だというのだ。

「君も、座って」

冬美にそう促す。彼女は頷いて、泰史の隣に腰掛けた。

まず初めに口を開いたのは泰史だった。向かいに座る母に頭を下げる。

「昨日は、ありがとうございました」

「いいえ」

「疲れたでしょう？」

「疲れてなどいませんよ」

冬美は俯《うつむ》いたまま、黙って二人の会話を聞いている。

「それで、今日はどうしたの？」

改めて尋ねると、母はようやく本題に入った。

「優が亡くなって、もう二年が経ちました。あなたたち、もうそろそろ子供をつくってもいいんじゃないの？　里谷家を継いでくれる子がいないと困るじゃないの」

「何だ。そんなことか……」

つい口を滑らしてしまった。その言葉に母は敏感に反応した。

「そんなこととは何ですか。大事なことですよ。あなたたちのことを思ってのことです」

「分かってるさ。けど」

「あなたたち、もう三十四でしょう。年をとればとるほど子供はできにくくなるのよ。高齢になれば冬美さんの身体にだって負担がかかるし」

「知ってるよ。だから、つくろうと努力はしているんだけどさ……」

嘘《うそ》だ。優が死んでから一度も、冬美の身体には触れていない。

「じゃあ、どうしてできないの。冬美さん」

語尾が強くなる。冬美はハッと顔を上げる。

「はい……」

「あなたが原因じゃないの？」

すかさず泰史が止めに入る。

「母さん！　よしてくれよ。そういうことを言うのは」

室内に険悪な空気が流れる。母は、そっぽを向いてしまった。

母は昔から世間体ばかりを気にする人だった。小さい頃から勉強、勉強とうるさく、兄は特に母を嫌っていた。何かあると、あのくそばばあ、と洩らしていた。父は、母とは違って小難しい人ではなかったのだが。

五年前に父が他界して以来、寂しいのか、よく嫌味を言いに来るようになったのだが、ここまで言うとは……。冬美を傷付けるだけ、精神状態を悪化させるだけだ。

突然、母がスッと立ち上がった。

「どこ行くの」

「トイレよ」

もう帰ってくれよ、とは言えなかった。扉が閉まる音を確認し、泰史は冬美の肩に手を置いた。

「あまり……気にするなよ」

冬美は、頷きもしなかった……。

2

十月三日。月曜日。今朝は妙に肌寒く、七時半にセットしたアラームが鳴る前に目覚めた。

隣に冬美はいない。朝食の支度をしてくれているのだろう。

　泰史は布団を雑にたたみ、仏壇の前に正座した。

　目を閉じると、優との思い出が蘇《よみがえ》ってくる。だが瞼《まぶた》を開けると、現実に引き戻される。その一瞬がいつも辛い。

「おはよう。行ってくるよ」

　優に言葉をかけて、クローゼットからスーツを取り寝室を出た。洗面所で顔を洗い歯を磨き、髪をセットしてキッチンに向かう。

　冬美が、テーブルに朝食を並べているところだった。

「おはよう」

「おはようございます」

　か細い声が返ってくる。

「昨日は……」

　悪かったね。そう謝る前に、一瞥《いちべつ》もくれず、冬美は洗いものを始めてしまった。泰史は椅子に座り、箸を持った。そして一人寂しく、白いご飯を口に運び始めた。

　思わずため息をつく。いつまでこんな暗い生活が続くのか。何とかしてやりたい。冬美のために。だがどうしたらいいのか正直分からない。いつかは時が解決してくれるのだろうか。

もう少し辛抱すればいいのか。

朝食を終えた泰史はその場でスーツに着替え、仕事用の鞄《かばん》を手にした。玄関まで、冬美は来てくれない。以前は優と一緒に毎日見送ってくれたのに。靴を履いた泰史は、行ってきますと一応声をかけ、扉を閉めて鍵《かぎ》をかけた。まるで一人で生活しているようだった。気持ちを切り替えるには、仕事のことを考えるしかなかった。小田急線新百合ヶ丘まで徒歩十分。泰史は重い足取りで駅に向かった……。

職場まで約四十五分。泰史は以前と変わらず、GWという外車の世田谷支社に勤務している。主な仕事は店での販売、そして営業だ。この日は、自分が担当している客の故障車を取りに行くことになっていた。アフターケアも欠かすことはできない。

満員電車を降り、駅の改札を出る。交通量の多い道路を渡り徒歩五分。ショーウィンドウに飾られている何台もの高級セダン車が目に映る。最低でも五百万円以上するものばかりだ。ライトが尖《とが》っているのが特徴で、白と赤を使ったエンブレムが車に品を持たせている。もちろん、泰史の所有車はGWだ。優が死に、ほとんど乗らなくなってしまったとはいえ、今の車には優との思い出がいっぱい詰まっている。何年経っても手放すつもりはなかった。

社員専用口と書かれた扉を開け、同僚たちと挨拶《あいさつ》を交わしながら、デスクにつく。早速資料の整理をしていると、今年二十四歳になる赤川早紀がコーヒーを持ってきてくれた。

「里谷さん、おはようございます」

「おはよう。いつもありがとう」

「私の仕事はこれくらいしかありませんから」

早紀は冗談を言って、他の社員の元にコーヒーを運んで行った。後ろ姿を眺めているうちに、冬美との出会いを思い返していた。

当時の彼女に何となく似ている。髪型やスタイル。そして、冬美も朝のコーヒー係だった。いつも笑顔でいてくれたのだが……。

「おい里谷。里谷」

自分の名前が呼ばれていることに気づき、泰史は我に返った。

「は、はい」

周りを見渡すと、上司の平田栄治が手招きしている。険しい顔からすると、何かミスをしてしまったか。スキンヘッドだから余計迫力がある。

平田の前に立った泰史は、生唾をごくりと呑《の》み込んだ。

「里谷」

低くて嗄《か》れた声が心臓に重く響く。

「はい……」

平田は、周囲に聞こえないように小さくこう言ってきた。

「一昨日《おととい》だったんだろ？　息子さんの三回忌」

意外な言葉に泰史は戸惑った。

「え、ああ、はい」

平田は腕を組む。

「もうあれから二年だな。お前も大変だな」

「いえ……」

「冬美君の様子はどうだ。一周忌の時以来会っていないが、少しは元気になったか？」

「大丈夫です」

「そうか。まあ辛いだろうが、頑張れ」

普段、滅多にこのような台詞《せりふ》を言わない平田から勇気づけられ、泰史の胸は熱くなった。

他のみんなにも心配されているのかなと思うと、申し訳ない気持ちになった。早く自分たちが立ち直らなければならない。

「ありがとうございます」

深々と頭を下げ、自分のデスクに戻る。そして、顧客の故障車を取りに行くため、外出する準備を始めたのだった。

会社から十キロほど離れた顧客の家に到着した泰史は、代車を引き渡し、故障車に乗って会社に戻っていた。

どうやらエンジンのかかりが悪いのと、電気系統に問題があるようだ。修理完了予定日が分かり次第連絡すると伝えたが、修理の人間がどのような判断をするかで、その日にちは変わってくる。

車を工場に入れ、修理担当の人間に内容を説明し、キーを預けた。

「じゃあよろしくお願いします」

工場を出て気がついた。いつからだろうか、携帯が鳴っているではないか。ポケットから取り出し、表示を見て、何だよ、と洩らした。

相手は三つ上の兄、正史だった。仕事中だというのに、一体何の用だ。どうせ、たいした話ではないだろう。兄はちょっとしたことでもすぐに報告してくる癖がある。今日は休みなのだろうか。出版業は自由なんだと、前に言っていたことがあるが。

「もしもし？　どうしたの」

自分に似た声が、受話器から聞こえてきた。

「おう、泰史。今どこにいるんだ？」

泰史は顔をしかめる。

「会社に決まってるだろ。で、何？」

「そうか。今、お前の会社の近くにいるんだ。どうだ、飯でも。なあ、行こう」

昔からこの性格は変わらない。相手のことを一切考えず、いつも強引に誘ってくる。

「まだ昼休みじゃないんだ。一人で行けばいいだろ」

「なら待ってる。大事な話があるんだ。お前に聞いてもらいたいんだよ」

「大事な話？　だったら一昨日話してくれればよかったじゃないか」

「あの日はそんな時間なかったろ」

胡散《うさん》臭い。どこまで信用していいものか。

「今、目の前にスパゲティー屋が見える。分かるか？」

頭の中で地図を描く。

「ああ。パン屋の隣だろ？」

「そうそう。そこで待ってるから。いいな？　絶対来いよ」

「行けたらな」

泰史は携帯を切り、頭を掻《か》いた。とりあえず、行ってみようか。泰史は軽い気持ちで、兄に会うことに決めたのだった。

3

十二時二十五分。泰史は、兄の待つスパゲティー屋の扉を開いた。カウベルの音が店内に響く。

「いらっしゃいませ。お一人様ですか？」

若いウェイトレスにそう訊かれ、泰史は首を振る。

「いや、待ち合わせを……」

「おい泰史。こっちこっち」

兄が手を振っている。泰史はウェイトレスに目で合図し、席に向かった。泰史は、兄の向かいに腰掛ける。丸いテーブルに、組んだ両手をドスンと置き、

「何の用だよ」

と尋ねた。

「まあまあ。そう焦るなって。とりあえず何か注文しようぜ」

メニューを見せられ、適当に決める。

「仕事は？」

兄は、水を飲みながら訊いた。

「あるよ。会社に戻る途中だったんだ」

「そう」

編集者というのは、スーツを着なくていいのだろうか。茶色の薄手のセーターにジーンズを穿《は》いている。頭には黒い帽子。ほぼ普段着ではないか。髭《ひげ》だって生やしているし、身なりは本当に自由なのだろうか。堅苦しい格好がただ嫌なだけなのではないだろうか。別に自分とは関係ないが。

「昨日、母さんが来たよ」

話すつもりはなかったが、心のどこかでは、誰かに愚痴を聞いてもらいたかったのだろう。無意識のうちに言葉が出ていた。

兄は、心底嫌そうな顔を浮かべた。

「またか。で、何だって？」

「子供をつくれって。里谷家を継がせたいんだ。兄貴には全く期待してない様子だったよ」

兄は今年で三十七だが、未だ結婚していない。家庭を持ったら嫁に縛られるだけだといつも言っている。

「期待されなくて結構。俺は一生独身貴族を通すよ。それよりもあの人、何考えてんだかな。

冬美ちゃんのことも少しは考えてやれっつうの。優が死んでまだ二年しか経ってないんだぞ」

「確かに。でも昔からああいう人だったから」

「ほっとけほっとけ。言わせておけばいいいんだ」

「ああ……」

子供の頃から兄とはいつも考え方の違いで衝突していたが、母のことに関しては意見が一致する。

少し、胸がスッとした。来てよかったのかもしれない。

それにしても、よく見ると兄も年を取った。目尻には皺《しわ》ができ、帽子からはみ出ている髪にも、白いものが混ざっている。腹も少し出てきている。ハンドボールで全国大会に出たのが嘘のような体格になってしまった。まあ、三十代も後半なのだ。仕方ないか。

「どうした？」

泰史は目をそらし、水を飲んでごまかした。

「お前もかなり疲れてるみたいだな」

「そ、そうか？」

疲労が顔に出ているのだろう。

「考えすぎもよくないぞ。お前の悪い癖だ」

返す言葉がなかった。泰史は、苦し紛れに本題に移した。

「それで、話って何なんだよ」

「ああ。そうだったな。お前……」

「うん？」

「今、噂《うわさ》になってるらしいんだが、レンタル・チルドレンって知ってるか？」

兄の口から、聞いたこともない言葉が飛び出した。

泰史は首をかしげる。

「レンタル・チルドレン？」

「ああ。優を忘れろと言ってるんじゃない。ただ、子供の面倒を見れば、お前も冬美ちゃんも、少しは元気が出るんじゃないかと思ってな」

話の内容が全く把握できない。

「ちょっと待ってくれよ。何なんだい？　その、レンタル・チルドレンって」

「俺も、知り合いから話を聞いただけだから、詳しくは知らないんだけどな。どうやら、捨てられた子供を集めて、一定期間、その子供たちをレンタルしている場所があるらしいんだ。それで、もしその子が気に入ったら、購入できる仕組みになっているらしい」

捨てられた子供を集めてレンタルしている？　しかも、購入だって？

人間をモノ扱いしているではないか。そんな場所が、日本に存在するのか。信じられない。

「その知り合いが、実際に今、子供をレンタルしているんだよ。その人たちも、お前と同じように子供を亡くしてな。ずっと寂しい思いをしてきたんだ」

「そうなんだ……」

「どうやら、一年以上前から、その『P．I．（プレジャー・インビテーション）』という会社はレンタル制度を始めたそうなんだが……どうだ？」

「いきなりどうだって言われても」

興味がないわけではない。子供の面倒を見ることで、冬美が元に戻ってくれるのなら。

しかし、実際本当に？　闇《やみ》の組織ではないのだろうか？

兄は、鞄から一枚のメモ用紙を取り出した。そこには、住所と電話番号が書かれてあった。

「一応、その会社の住所を渡しておく。とりあえず、見に行ってみたらどうだ？」

「あ、ああ……」

せっかくなので、泰史はメモを受け取り、ポケットにしまった。

「お待たせしました」

ウェイトレスがパスタを持ってやってきた。

「おおー、うまそうだな」

兄はフォークを手にした。が、泰史の目にはパスタは映っていなかった。

レンタル・チルドレン……。

本当にそんな会社が。

帰ったら、冬美に話してみるか。

4

この日の仕事を定時で終えた泰史は、七時半に自宅に着いた。

兄と別れてからも、ずっと例の話が頭から離れず、仕事に集中できなかった。気がついたら、会社を出ていたのだ。

家に着いたというのに、妙に緊張している。冬美は、どう思うだろうか。そう考えると、なかなか扉を開けられなかった。

「ただいま」

思いきってドアを開け、声をかけても返事はない。靴を脱いだ泰史はスリッパに履き替え、まず洗面所に向かった。

顔を洗い、スーツから楽な普段着に着替える。早速話してみようと、明かりのついている和室に向かった。

冬美は、ただ一点を見つめながらアイロンをかけていた。

「ただいま」

部屋に入ると、冬美はスーッと顔を上げた。

「お帰りなさい」

目にも、声にも力がない。

「アイロン……かけてたんだ」

分かりきっていることをついつい口にしてしまった。

「ええ……」

すぐに会話が途切れてしまう。

「あの……夕飯は？」

一言一言に気を遣う。自分たちは本当に夫婦なのだろうか。

「テーブルに」

「そう……ありがとう」

切り出すタイミングを失ってしまった。泰史はその場に立ち尽くす。冬美は、無言でアイロンがけの作業を進めていく。

「あのさ、今日ね、お昼に兄貴と会ったんだ」

「……正史さんに」

「ああ。いきなり呼び出されてさ、忙しいのに困ったよ」

泰史は、ハハハと空笑いする。それに対して、返事はない。

「なあ、冬美」

泰史の表情が、真剣なものに変わる。

「……はい」

「子供、欲しくないか？」

説明よりもまず、単刀直入に訊いてみた。すると冬美の顔に変化があった。微かだが、目がピクリと動いたのだ。

「実はさ、兄貴にこんな話を聞かされたんだ。一定期間、捨てられた子供を預かることのできる会社があるみたいでね。今、噂になってるらしいんだよ」

レンタル、という言葉は聞こえが悪いので言わなかった。

「いい機会だと思うんだ。冬美さえよければ、一度見に行ってみないか？」

「結構です」

即答だった。

「ど、どうして」

「私は、優以外、考えられません」

「分かってる。それは分かってるよ。でも、これ以上、今の君を見ていられないんだよ」

「どうしてです？」

「どうしてって……」

冬美の右手が、ピタッと止まった。

「私は、普通ですよ」

普通のはずはないだろう。泰史はその言葉を呑み込んだ。

「と、とにかく、預かる預からないは別として、見に行くだけ、行ってみないか？」

そう説得すると、冬美はしばらく考え、小さく首を縦に動かした。

「分かりました」

泰史は、ホッと胸を撫《な》で下ろす。

「じゃあ、今週の土曜に行こう。いいね？」

はい。冬美の声は、吹けば消えてしまいそうなくらい、小さかった。

泰史は頷き、和室を出たのだった……。

5

泰史はこの一週間、レンタル・チルドレンと頭の中で繰り返していた。半信半疑ではあるが、もしかしたら子供を借りることになるかもしれないと考えている自分がいた。少しの期間なら、試してみてもいいのではないかと。

十月八日。約束の土曜日を迎えた。いつもより少し遅めの八時に目を覚ました泰史は、九時には外出の準備を整えていた。

冬美は、リビングのソファにポツンと座っていた。白い厚手のワンピース。髪は、ただ垂らしているだけ。化粧もしていない。それに対して別に何かを言うつもりもない。

「じゃあ、行こうか」

「はい」

泰史が着ている秋用の黒いポロシャツを見ても、全く反応はなかった。

優が生きていた頃、冬美に買ってもらった誕生日プレゼントだ。今年初めて着たのだが、まるで忘れてしまっているかのようだった。

「今日は、少し暖かいかもしれないね」

この日は雲ひとつない晴天だった。太陽の光が眩《まぶ》しい。こんなにも晴れたのは久々ではないか。

「……そうですね」

泰史と冬美はガレージに停めてある車に乗り込むと、エンジンをかけ、シートベルトを締めた。アクセルを踏む前に、兄から渡されたメモを取り出し、カーナビに住所を登録した。

東京都新宿区……。

番地まで入れると、ナビはすぐに地図を表示してくれた。大通りに面した場所にあるようだ。

内心、緊張している。

泰史は、開始ボタンを押した。あとは案内に従うだけだ。目的地まで、スムーズに行けば一時間もかからないようだ。泰史はハンドルを握り、アクセルを軽く踏んだ。

『三百メートル先、左方向です』

車内で発せられる声は、ナビの案内ボイスだけ。冬美はただ、外の景色を眺めていた。やはり無駄なのだろうか。泰史は今更そんなことを考えていた。

車を走らせてから二十分。２４６号線の用賀《ようが》付近にやってきた。家を出て、未だに会話が一つもない。重苦しい沈黙に耐えきれず、とうとう泰史は口を開いた。

「いつ以来かな。二人で車に乗るなんてさ」

「ええ」

冬美は顔を外の景色に向けたままだ。

「どう？　久しぶりに乗ってみて。気持ちいいだろ？」

「そうですね」

全く感情はこもっていないが、彼女の中では気持ちが落ち着いているのかもしれない。

「子供のことは別として、気分転換にもなるし、たまには外出もいいもんだな」

子供という言葉で、優のことを思い出させてしまったか。冬美は口を閉じたままだった。

結局、それが最後の会話となってしまった。泰史はただひたすら車を走らせるだけだった。

そして四十分後、『目的地周辺です』と、ナビが告げた。道の端に一旦車を停め、辺りを見渡してみる。しかし、P．I．という会社は見当たらない。すぐそばにコインパーキングがあるのでそこに駐車することにした。何しろ大通りだ。建物が多すぎて車の中からでは確認しづらい。歩いて探そうと、泰史は車を少し前進させて、パーキング内に入った。

エンジンを止めて車から降りた二人は、泰史を先に街中を歩いた。人が多すぎて進みにくいが、泰史の目には他人など映っていない。メモ用紙とにらめっこしながらP．I．という会社名を探す。

二百メートル、いやそんなに距離はなかったろう。

やはりナビが正しかった。ようやくP．I．と書かれた建物を発見した。

「あれだ」

「冬美。あそこだよ」

指差して教えてやると、たいした反応はないが、一応目では追っている。泰史は無意識のうちに歩調を速めていた。

なにやら裏組織ではないかと思ったりもしたが、堂々たる構えだ。ただ、子供を貸し出しているという案内も何もない。会社名も、それとは全く関係ない。知らない人間は、ここがどのような事業を行っている会社なのか、見当もつかないだろう。

泰史は、一歩が踏み出せなかった。白を基調とした三階建ての建物で、ホテルのロビーをイメージさせるほど内装も綺麗だ。

こんな場所で、実際に子供をレンタルしているのか？　到底そうは思えないのだが。

自動ドアの先には受付嬢が座っていた。彼女もこちらに気づいている。

「入ってみようか」

泰史は、オドオドしながら自動ドアをくぐった。冬美も続く。制服を着た受付嬢が立ち上がり、挨拶してきた。

「いらっしゃいませ」

「ど、どうも」

「ご来店ありがとうございます。今日は、初めてでしょうか？」

簡単な返答にも緊張する。

「は、はい。そうなんです」

受付嬢は、笑顔で応対する。

「かしこまりました。それでは担当の者をお呼びいたします。そちらのソファにお掛けになって、この用紙にお名前とご住所をお書きください」

「分かりました」

泰史は用紙を受け取り、ソファに腰掛けた。

空欄を埋めたところで、辺りを見渡してみる。特別何かがあるわけではない。ごく一般的な受付ロビーだ。

どうも落ち着かない。冬美はただ下を向いている。全く興味を示していないようだ。

とりあえず話を聞いて、それでも冬美が〈ＮＯ〉なら帰るつもりだった。

コツコツという足音が聞こえ、泰史はスッと顔を上げた。水色のスーツを着たメガネの男が近づいてきた。左手にはノートパソコンを抱えている。

「お待たせいたしました」

「あ、どうも」

泰史は立ち上がり、まず自分の書いた用紙を渡した。

「里谷泰史様、冬美様ですね。ご来店ありがとうございます。まずは別室に案内させていただきます。さあどうぞ」

「冬美。行こうか」

泰史と冬美は、男の後ろについていく。エレベーターに乗り込み、二階へ移動した。

「こちらです」

廊下は静まり返っている。いくつもの扉があるが、それぞれ中には客がいるのだろうか。

そんな様子はないが。

男は五つ目の部屋で立ち止まった。

「さあどうぞ」

先に泰史と冬美を入れ、男が扉を閉めた。

「どうぞ座ってください」

部屋は六畳程度。中央には白いソファと黒いテーブル。床にはベージュの絨毯《じゅうたん》。カーテンは男のスーツと同じ色で水色。目につくのはそれだけだ。

　泰史と冬美がソファに腰掛けると男も向かいに座った。

「申し遅れました。私、岡本と申します。よろしくお願いします」

　泰史は名刺を受け取った。

　岡本貞晴。改めて見ると、年は自分と同じくらいだろうか。おっとりとした目。笑みをたたえた口元。虫も殺さぬような穏やかな顔をしている。

　岡本が、最初の質問をしてきた。

「失礼ですが、どこでお知りになったのでしょうか？」

　泰史は名刺から目を離す。

「いや、私の兄の知り合いが、実際にお宅の……」

　その先、どう説明したらよいのか咄嗟《とっさ》に出てこない。

「そうでしたか」

　今度は、泰史のほうから岡本に尋ねた。

「それで、本当に子供の……何というか」

　岡本はあっさりとこう言った。

「ええ。レンタルしております」

まだ実感が湧《わ》かない。どういう仕組みなのだ。

「初めてでよく分からないので、説明していただけますか」

岡本は、満面の笑みを浮かべた。

「私どもの会社は、主に養護施設にいる子供や、親から捨てられてしまった子供たちを集めて、様々な事情を抱えたお客様に幸せを与えられたらと、レンタルさせていただいております」

もちろん意味は通じる。しかし非現実的すぎて、まだ信じられない。なぜこんなにも淡々と話せるのだ。

「期間は二週間です。お客様には子供に名前をつけていただきます。そして、我が子のように生活していただければ嬉しく思います。現在、男の子の場合は五十万。女の子の場合は六十万となっております」

二週間で五、六十万。決して安くはない値段だ。

「女の子のほうが高いのは？」

「単に、女の子のほうが数が少ないからです」

「なるほど」

「二週間のレンタル後、その子を気に入っていただけた場合は、購入することも可能です。

そちらは男女とも、一千万円となっています」

「一千万？」

思わず声を上げてしまった。金額の大きさに驚きを隠せなかった。

「少々お高いですが、実際、何人ものお客様がご購入されています」

「はあ……」

狙《ねら》いはそこだと思った。本来の目的は、レンタルではない。購入するまで、気に入る子を紹介する。その段階でも金が入る。うまい仕組みだ。

「大まかな説明は以上です」

そう言って、岡本はノートパソコンの蓋《ふた》を開いた。

「この中に、子供たちの顔写真とデータが詰まっています。ご覧になりますか？」

泰史は、冬美の様子を確かめる。岡本の話など全然聞いていないようだ。

「一応、お願いします」

「かしこまりました」

岡本はパソコンを起動させ、マウスをクリックしていく。

「こちらです」

泰史は、パソコンの画面を見せられた。

『レンタルリスト』

そこに映っている内容に唖然《あぜん》としてしまった。岡本と目が合う。

しかし彼は、どうしたんですか？　というような表情をしている。

「まさか……」

画面には、三十人くらいの子供の顔写真が映し出されていた。一人ひとり小さく区切られている。

『次のページ』という表示があるということは、まだまだいるということか。

「現在、九十二人の子供たちが登録されています」

「九十二人も」

「気になる子がいたら、クリックしてください。詳しいデータを見ることができますので」

気づかないうちに、泰史はマウスを握っていた。適当に、ボタンを押してみる。すると、顔写真が等身大に切り替わった。

十二番。女の子だ。

年齢、十歳。身長百四十センチ、体重三十四キロ。赤いパーカーに青いスカート。

どこで撮影されたのか、後ろには林が広がっている。

首の辺りで髪の毛を二つに結んでいる可愛らしい子だ。目尻にある小さなほくろが特徴的。

気になるのは、親に捨てられたとは思えないほどの笑顔を浮かべているということだが、考えすぎだろうか。

「じっくりとご覧ください」

岡本の営業スマイルにどう反応したらいいのか。

「はぁ……」

彼らからしたら、普通の世界なのか……。

泰史はまだ、この現実を受け入れられないでいた。しかしこうしてリストがある。頭の整理がつかない。

次のページをクリックすると、また違う子たちの顔写真がズラリと並んだ。

五十四番。四歳。男の子だ。身長百五センチ、体重十六キロ。ディズニーキャラクターがプリントされているトレーナーに、小さな小さなGパンを穿いている。

髪の毛は少し茶色で、肩まで伸びている。狐《きつね》のように尖った目で、一見無愛想にも見えるが、やはり笑っている。

六十番。六歳の男の子。

七十番。五歳の女の子。

七十七番。八歳の男の子。

泰史は次々とクリックしていく。

みんな、楽しそうだ。そう指示されているからだろうか。

『お願いだからレンタルしてください』

写真から、こんな声が聞こえてきそうだった。

「どうかしました？」

泰史は我に返る。

「い、いえ。何でも」

と言って笑ってごまかす。

「ふ、冬美も見てごらん」

彼女もようやく、画面に目を移した。

泰史は最後のページをめくった。一応全部確認して、それで帰るつもりだった。サラッと適当に見ていく。

「どうですか？」

岡本に尋ねられ、泰史はうーんと悩んだふりをした。

もう少し考えさせてください、と答えようとしたその時だった。突然、冬美に異変が起こった。

目を大きく見開き、

「あなた！」

と驚いたような声を発したのだ。明らかに様子のおかしい冬美に、泰史は身を硬くした。

「あなた！」

服を引っ張られて、現実に引き戻される。

「ど、どうしたんだよ」

冬美が、真剣な顔つきで画面を指差している。

「この子……」

次の言葉に、泰史は耳を疑った。

「優だわ」

九十二番。最後の子だ。

「そんなわけないだろ」

小さな顔写真では分かりにくい。しかし絶対に違う。優は死んだのだから。

「優だわ。間違いないわ」

困り果てている岡本に、すみませんと頭を下げ、泰史は九十二番の子にカーソルを当てた。

クリック。

等身大写真に切り替わる。

次の瞬間、泰史はマウスを力強く握りしめていた。

「ま、まさか……」

泰史と冬美は画面に釘付《くぎづ》けとなった。

四歳。百二十二センチ、二十二キロ。

おかっぱ頭。真ん丸の目。薄い眉。大きな口。

脳裏に、優の姿がはっきりと映った。パパ、ママ、と元気な声が響く。

「嘘だろ……」

優に、そっくりだ。いや、優本人ではないか。そう思うくらい。体型まで一緒なのだ。鉄棒から落ちた時の膝《ひざ》の傷痕《きずあと》がないだけで、その他はほぼ全て……。

「優よ。やっぱり優なのよ、あなた！」

「そんなはずは……」

分かっている。優ではない。しかしここまで似ていると、優が死んだのは実は夢だったのではないか、と考えてしまいそうだ。それほど酷似している。どこからどう見ても、優なのだ。

しかし気になるのは、この子だけ笑っていないことだ。暗い顔で、瞳に輝きがないのだ。

捨てられた子なのだから、これが普通といえば普通なのだが。

「どうかされましたか？」

二人のあまりの驚きように、岡本が尋ねてきた。泰史は過去を語った。

「二年前、息子を病気で亡くしたんです。五歳でした。それから私たちは、ショックから立ち直れずにいました」

「まさか、この中に……？」

「はい。信じられません。九十二番の子が、息子にそっくりなんですよ」

「……九十二番」

「はい。最後に映っている子です」

なぜか岡本は、気まずそうに下を向いてしまった。そしてこう訊いてきたのだ。

「レンタル、なさいますか？」

したい。それが正直な答えだった。優だと思って暮らせばいい。また幸せな生活が戻ってくるのなら、お金なんて惜しくない。

泰史は、冬美に自分の気持ちを伝えた。

「なあ冬美。預かってみないか？　この子を」

彼女のためでもあった。昔のように、明るい冬美に戻ってくれたら。

「優よ。優なのよ……」

冬美はまだ、落ち着きを取り戻せない様子だった。泰史は岡本に強く頷いた。

「お願いします」

しかし岡本の表情は浮かない。

「どうかしました？」

彼は言いづらそうに、口を開いた。

「実はその子、耳に障害を持っていまして」

「え？」

予想外の言葉だった。

「恐らく親は、障害があるのを理由に捨てたのかと……あくまで推測ですが」

「全然聞こえないんですか？」

「そのようです」

「じゃあ、喋ることもできない？」

「そういうことです。手話も、分からないようで」

「そんな。可哀想に……」

いくら優に似ているとはいえ、さすがに泰史は考え込んでしまった。

どうすべきか。障害があるだけで、レンタルするのをやめるのか？　拒否するのか。

「私が言うのもなんですが、とりあえず二週間生活してみてはいかがでしょうか？」

泰史は、もう一度、九十二番の顔に視線を移した。

優、そのものだ。見ているだけで目頭が熱くなる。優と過ごした記憶が、次々と蘇ってくる。

パパと呼ぶ声が聞こえるのだ。

「そうします」

「かしこまりました。それでは後日、もう一度こちらにおいでいただいてもよろしいですか？」

「今日は会えないんですか？」

「はい。子供たちが生活している施設から呼ぶ形になりますので、早くても明日の午前中になります」

「そうですか。それでは、明日の早い時間に迎えに来ます」

「かしこまりました。ありがとうございます。料金は前払いとなっております。明日のお支払いでよろしいですか？」

「はい。結構です」

「では明日までに、契約書をお作りしておきます」

「じゃあ今日は、これで？」

「はい。また明日、お待ちしております。外までお送りいたします」

冬美はまだ、九十二番の子の写真を見つめている。

「さあ冬美。行こうか。明日、この子に会えるんだぞ」

「優に？　本当に？」

「ああ。明日、迎えに来よう」

冬美は頷いて立ち上がった。もう、優と呼んでもいいと思った。

岡本とともに外に出た泰史は、

「ありがとうございました」

と頭を下げた。

「明日、お待ちしております」

岡本に背を向け、泰史と冬美はコインパーキングに戻った。

二年ぶりではないか。彼女が心の底から笑った。

「明日会えるのね、優に」

「そうだよ。楽しみだな」

普通に戻ってくれたのではないか。そう思った矢先だった。冬美はこう言った。

「やっぱり生きてたのね、優」

泰史の口調が、深刻なものに変わる。

「あのな、冬美。勘違いしちゃいけないよ。あれは……」

「優、生きてたのね」

「冬美……」

まだ時間はかかるようだった。しかし徐々に、本来の自分を取り戻していってくれればいい。

泰史は携帯で、兄に連絡をとった。

「もしもし兄貴。俺だよ。今、P.I.から出たとこなんだけどさ、驚いたよ。優にそっくりな子がいたんだ」

6

翌日、早朝に起きた二人は、珍しく一緒に朝食を摂《と》った。冬美は昨夜《ゆうべ》からどうにも落ち着かない様子だった。

もうじきこの家に、あの優に似た子がやってくる。午後には戻ってこれるだろう。

昨晩、冬美とは多くの会話を交わした。彼女は嬉しそうに語った。

優の好きなハンバーグを作ってやろう。オモチャや洋服をいっぱい買ってやろう。遊園地に行きたい。動物園にも。

あんなにも心弾ませる冬美の姿に、ホッとした反面、怖くもあった。

彼女は、あの子が優本人だと思い込んでいる。もし、夢から覚めたらどうなるか心配だった。それでも今は、あの子の力を借りるしかない。

無論、名前は決めていた。悩むことなどなかったが……。

「ごちそうさま」

顔を上げると、冬美はとっくに食事を済ませていた。早く迎えに行きたくて仕方がないようだ。

食器を洗う冬美の背中が楽しそうだ。肩が弾んでいる。今日は化粧もしているし、髪も整えている。

「まだもう少し時間があるんだから。急がなくてもいいんだからね」

「優が待ってるのよ。早く行ってあげないとね」

正気のようで、そうではない。声色も、喋り方も、昔の冬美なのだが……。

食器を拭《ふ》き終えた冬美は振り返り、更に表情を輝かせた。

「さあ、行きましょう」

予定していた時間より、三十分も早い。しかし今日は日曜日だ。混雑を予想すると、ちょうどいいのかもしれない。

「早く早く」

冬美に、玄関まで背中を押される。

「分かった分かった。慌てるなって」

泰史は立ちながら靴を履き、家を出る。かかとを直す暇もなかった。

助手席に座っても、冬美の顔は終始、綻《ほころ》んでいた。

「さあ行きましょう」

泰史はやれやれと苦笑いし、エンジンをかけた。P．I．までの道は覚えている。ナビを使う必要はなかった。

「優、元気にしているかしら」

新宿までの道のり、冬美はそればかりを繰り返していた……。

予想どおり、昨日より時間がかかった。それでも、苦痛ではなかった。冬美の嬉しそうな声を聞いていると、渋滞を忘れられた。気づくと新宿に着いていた。

泰史は昨日と全く同じ場所に車を停め、P・I・に向かった。しかし、先を歩くのは冬美だ。

「あなた、もっと速く」

「はいはい」

泰史は駆け足で冬美に追いつく。昨日とは別人のようだ。

入り口の前にやってきた二人は、躊躇《ためら》うことなく自動ドアをくぐった。

この中のどこかに、あの子がいるんだ……。

泰史は、受付嬢の挨拶に応《こた》え、

「昨日伺った、里谷ですけど」

と伝えた。

「お待ちしておりました。岡本を呼びますので、お掛けになってお待ちください」

座って二分も経たないうちに岡本はやってきた。

二人は、すぐに立ち上がる。

「おはようございます、里谷様」

「昨日はどうも」

と泰史は頭を下げた。冬美が横から割って入ってきた。

「優は？　優はどこにいるんです？」

「冬美。そう慌てるなって」

岡本は、笑顔で二階を示した。

「昨日と同じ部屋でお待ちですよ。早速行きましょうか」

その言葉で急に身体が硬くなった。心臓がバクバクと動きだす。大きく息を吐き出し、落ち着かせる。

あの子が、あの部屋に。優が、待ってる。

「じゃあ行きましょう」

岡本を先に、三人はエレベーターで二階に上がる。途中、足がもつれて転びそうになった。微かに震えているのが分かる。手にはビッショリと汗をかいている。

「大丈夫？」

冬美のほうが冷静ではないか。

「あ、ああ」

三人の足音が廊下に響く。五つ目の部屋で歩みを止めた。

岡本は、声をかけずに扉を開けた。

中には、一人の男の子がソファに座って待っていた。

音は聞こえないはずだ。気配を感じ取ったのか、子供は顔を上げた。泰史は、思わず名を叫んでいた。

「優！」

子供に駆け寄り、初めに抱きしめたのは冬美だった。泣いてはいない。彼女は、優の死を記憶から消去している。一日会えなかっただけ、と思っているのかもしれない。

抱きしめられている子供がジロリと泰史を見上げた。

「まさかこんなことが……」

生きていた頃の優と重なった。

もちろんこの子にとって、初対面の自分たちに対しては何の感情もないはずだ。微笑みかけても、笑ってはくれない。子供の表情に変化はない。リストの写真のままだ。心を閉ざしてしまっているかのようだ。暗い過去を思えば、仕方のないことだろう。

「信じられないよ」

そこにいる子供は優ではない。それは分かっているのに、涙が溢《あふ》れた。

本当に、本当に似ている。生き返ったのではないかと錯覚してしまうほど。泰史は、子供の頰《ほお》にそっと手をやった。目をつぶり、優を思い浮かべる。

冬美は、子供から離れようとはしなかった。

泰史もすでにレンタル・チルドレンという言葉を忘れていた。

しかし、岡本の言葉で現実に引き戻された。

「里谷様。契約書のほうをよろしいでしょうか？」

泰史は、子供からテーブルに目を移す。そこには白い用紙が置かれていた。

「まず同意書を読んでください。それと、身分が証明できるものをご提示ください。あとは契約書に名前とハンコを押してもらうだけで結構です。代金のほうなんですが、二週間で五十万円となります」

「分かりました」

同意書には、二週間後の午後三時までに子供を返すことや、延滞料金の価格などが記されていた。その他には、怪我や病気をした時の対応について説明がなされている。

泰史は自分の名前を書いて、ハンコを押した。子供をモノ扱いしているようで気が引けたが、五十万円を支払った。岡本は念入りに札を数える。

「確かに、五十万円頂戴いたしました。ありがとうございます。それでは二週間、よろしくお願いします」

「他に、やることは？　もうこれでいいんですか？」

「はい。結構でございます」

「そうですか」

案外、簡単なんだなと思った。虚しい気分になった。コンビニやファーストフードで物を買うのと同じではないか。人身売買が現実に行われているなんて。そして、自分がそれに関《かか》わっているなんて……。

隣ではまだ、冬美が『優』を抱きしめていた。頬を擦《こす》りつけている。

「ほらほら冬美。優が苦しがってるじゃないか」

注意すると、ようやく身体を離した。

「大丈夫だよねー、優」

すると優は無表情のまま口を開け、声を出した。

「あーあー」

何を言っているのか泰史には分からなかったが、冬美は読み取ったようだ。

「ほら。大丈夫だって」

「ま、まあとにかく、家に帰ろう」

そう言うと、優はこちらに手を伸ばしてきた。

手を繋ごう。そう伝えているのがすぐに分かった。

喜びが、グッとこみ上げてきた。

いつも三人で、仲よく歩いていたんだ……。買い物に行くにも、公園に遊びに行くにもこうして。

泰史と冬美、そして優が一つになる。三人は手を繋いで部屋を出た。

「ありがとうございました」

挨拶する岡本に会釈し、泰史は車に向かって歩きだした。

テクテクと歩く小さな小さな優を眺める。

懐《なつ》かしい。本物の優と歩いているようだ。手の感触も似ている。暖かくて柔らかい。

「優、これから家に行くんだぞ」

耳が聞こえないということをついつい忘れてしまう。優はただ前を見ているだけだ。コミュニケーションをとりたいが、贅沢《ぜいたく》は言っていられない。

耳が不自由でも、喋れなくても、優と一緒にいるという気持ちに変わりはない。これから、いろいろ教えていけばいいんだ。もしかしたら、一生この子の面倒を見ることになるかもしれないのだから。

車の鍵を開けると、冬美は優と一緒に助手席に座った。

「おいおい。赤ん坊じゃないんだぞ？」

「いいの。優もこうしたいって言ってるわ」

嫌そうではないが、嬉しそうでもない。ただまっすぐ前方を見つめている。

「仕方ないな」

自宅に帰るのが楽しみだった。早く家に慣れてほしい。

泰史は隣に座っている優を横目でチラリと見て、エンジンをかけた。

優とはよくドライブもした。いろいろな車を見るのが好きだったのだ。

あれ見て、これもカッコいい。よく指をさして言っていた。

滲《にじ》んできた涙を拭き、悲しみを振り払って、泰史は元気よく声を上げた。

「さあ、出発進行！」

こうして、この子との新生活が始まろうとしていた……。

7

泰史は、ガレージの前でシフトをRに入れた。後ろをよく確認し、車を停める。

「優。着いたぞ」

目立った渋滞もなく、泰史たちはスムーズに自宅に帰ってくることができた。

「今日からここで生活するんだ」

そう言って、泰史は優の頭に手をのせた。優は首をかしげるだけだった。

どう伝えようかと悩んだ泰史は、家を指差した。分かってくれたのだろうか。

「じゃあ降りようか」

泰史はそう言って、運転席のドアを開けた。

車中、冬美は優を一時も離さなかった。優もジタバタと動くことなく、じっとしていた。

冬美は耳元で、帰ったら何をして遊ぼうか？　欲しいオモチャはある？　今日のお昼は何食べたい？　など、返ってくるはずのない質問をいろいろしていた。

この子は耳が不自由なんだ。

それをしっかり教えなければならないと泰史は改めて思ったが、冬美自身は満足しているようだった。返事が聞こえるのか、うんうんと頷いたり、カレーが食べたいのね、と一人で会話を繰り返していた。

今は何を言っても無駄だろう。完全に優との世界に入り込んでしまっている。やはりもう少し時間が必要だろう。一緒に笑ってやるのが、一番いいのかもしれない。

冬美が家のドアを開ける。

「さあ、優。入って入って」

泰史が手で示すと、理解したようだ。優は足を進めた。冬美が靴を脱がせてやると、部屋に上がった。

泰史はひとまず、優をリビングへ連れていくつもりだった。しかし冬美は優を休ませなかった。

「優。お腹《なか》が空《す》いたでしょ。お昼ご飯作りましょうね。一緒にいらっしゃい」

そう言って、優の背中に手を添えながら、台所へと歩いていった。

「優だって疲れてるんだから」

冬美の耳には届いていないようだった。泰史は、

「しょうがないな」

と呟き、寝室に顔を向けた。パパ、と呼ばれた気がしたのだ。

泰史は複雑な表情を浮かべ、優の仏壇に向かう。正座をして、写真の中の優に語りかけた。

「優。ビックリしたろ。そうなんだ。優にそっくりな子がいたんだよ」

天国でどう思っているだろうか。悲しんではいないだろうか。

「あの子の面倒を見ようと思ってる。ママを救う意味でも。ただ、決して優を忘れたわけじゃない。それは分かってほしい。だから、許してくれるね？」

きっと理解してくれている。そう信じ、泰史は仏壇の扉を閉じた。

キッチンのテーブルに『優』は座っていた。それは優が使っていた椅子。単なる偶然と分

かってはいるが、何か通じ合うものがあるのだろうかと考えてしまう自分もいた。

冬美の後ろ姿を眺めている優を、しばらく見つめる。未だに思う。夢を見ているのではないかと。

この子が来てくれて、本当によかった。闇に包まれていた自分の心が、徐々に明るさを取り戻している。自然にこぼれた笑みが、その証拠だ。

「なあ冬美。お昼ご飯できあがるの、もう少しかかるだろ?」

背中から答えが返ってくる。

「ええ。そうね」

それならいいだろうと、泰史は優の手を取った。

「ちょっとおいで」

優はこちらをじっと見つめながら立ち上がり、後ろをついてきた。泰史は、ゆっくりゆっくり階段を上がった。

泰史は、優の部屋の扉を明け、明かりをつけた。

「今日からこの家で生活して、ここの部屋で寝るんだぞ。どうだ。広いだろ?」

そうだ。口で説明するだけでは分からないんだ。

泰史は部屋を示し、それから優を指差した。

それだけで何となく分かったようだ。優は部屋に入り、周りを見回した後、

「あうあー」

と声を出した。

「そう。優の部屋」

口を大きく動かしながら、ジェスチャーで教えた。

突然、優が動いた。何かが目についたようだ。どうしたのだろうと様子を窺《うかが》っていると、
オモチャを手に取った。

それは、電子銃だった。

優に買ってやった時の記憶が蘇る。喜びの声を、今でも憶《おぼ》えている。

どうしたのだろうか。また涙がこぼれた。

「そうか。お前もそれが気に入ったのか」

本物の優を見ているようだった。

「使い方、分かるか？」

そう訊くと、優は銃をこちらに向け、引き金を引いた。すると銃は光を発しながら、音を
鳴らした……。

昼食を終えた泰史はまず、優をまだ連れていっていない部屋に案内した。リビング、洗面所、お風呂場、トイレ。うまく伝わったかどうかは分からないが、指で示すと一応は頷いていた。そしてもう一つ、冬美の前ではできない肝心なことを教えなければならなかった。優という名前だ。文字が分かるかどうか不明だったが、紙にボールペンでひらがなと漢字のふたとおりの名を書き、何度も何度も『ゆう』と口を動かした。しかし、表情に変化はなかった。泰史も、強引に覚えさせようとはしなかった。まだまだ時間はある。焦ることはない。一つひとつ、理解させていけばいいのだ。

全ての部屋を見終わった後、泰史と冬美はいろいろなオモチャを使って優の前で遊んでみせた。光るヨーヨーや、ミニダーツ。子供用の小さなバスケットゴールにもボールを入れて楽しませようとした。優はただ立っているだけでつまらなそうにしていたが、どうしたらよいのか戸惑っているようにも思えた。そこで泰史は優をオモチャの車に乗せ、部屋中を走り回った。それは面白かったのか、優は声を出しながら足をぶらつかせていた。その様子を見て、泰史はホッとしたのだった。

午後三時になると、優もさすがに疲れたのか、和室で眠ってしまった。

まだまだ表情は硬く、心を開いてはくれないが、寝顔は優そのものだ。この子に会い、何度も過去に戻ったような気持ちになった。この時は特にそうだった。顔や身体だけは、優なのだから。

寝顔を見つめているうちに、泰史もウトウトし始め、いつの間にか眠っていた。目が覚めたのは七時半。冬美の大きな声が頭に響いてきた。どうやら夕食ができたようだ。泰史は気持ちよさそうに眠っている優を起こし、一緒にテーブルに着いた。

この日の夕食は、優が一番好きだったハンバーグとコーンポタージュ。部屋に入る前に匂《にお》いで分かった。

「美味しそうだな」

大きなハンバーグには冬美特製のソースがかかっている。その横にはドレッシングがかかったサラダ。そして冬美が最も得意とするコーンポタージュ。とうもろこしのいい香りがする。こんなにも心のこもった夕食は本当に二年ぶりだ。

泰史は優を椅子に座らせ、フォークを持たせてやった。冬美が席に着いたところで、泰史はいただきます、と言った。その後に冬美が続いた。

「優、好きなだけ食べていいんだぞ」

「ママ、一生懸命作ったんだから残さず食べてね」

優は、ハンバーグの真ん中にフォークを立て、大きな口を開けた。ソースが服につくと、すぐさま冬美が布巾《ふきん》で拭いてやる。

「もうこの子ったら。ゆっくり食べなさい」

美味しいという感情を表には出さないが、よほどお腹が空いていたのか、優は昼食の時と同様、一時も休まず噛《か》み続ける。大人の泰史よりもペースが速いのだ。フォークと器がカチャカチャと耳障りな音を立てている。耳が聞こえないから仕方ないとはいえ、注意すべきだろう。しかし、どう伝えていいのか分からず、やはり身体で覚えさせるしかないと思った時には、優は全て食べ終えていた。

隣に座る冬美が喜びの声を上げた。

「おりこうさんね。ちゃんと全部食べたのね」

優は冬美の口の動きをじっと見ていたが、興味なさそうに目をそらした。

「優」

泰史は肩を軽く叩き振り向かせる。そして、フォークで器を鳴らし、それはダメだというように眉間《みけん》に皺を寄せ、首を横に振った。

分かったのだろうか。優は、

「いいいー」

と、今までとは違う声を発した。

理解してくれたのだと解釈するしかなかった。

泰史も夕食を終え、食器を流しに運ぶ。退屈そうにしている優に、こう言った。

「じゃあ優、お風呂に入ろうか」

優は首をかしげている。

「お、ふ、ろ」

言葉では伝わらないと判断した泰史は、優を立たせて風呂場に向かった。

「冬美。バスタオルとパジャマ用意しておいてくれよ」

キッチンから冬美の声が聞こえてきた。それを確認し、泰史はまず自分の着ている服を脱ぎ、優の衣服も脱がせてやった。

裸になった優は、こちらを見上げている。

「じゃあ入るぞー」

泰史は優の頭を撫で、ドアを開けた。バスタブの蓋を取ると、すぐに全身が熱気に包まれる。心地よい暖かさだった。まずはシャワーで優の身体を洗ってやり、中に入るよう指示した。

「少し熱いかもしれないから気をつけてな」

そう注意しても聞こえはしない。優は何の躊躇いもなく、バスタブの中に一気に身を沈めた。その勢いにお湯が溢れる。優はただじっと前のタイルを見つめている。

気持ちいいのか。熱くないのか。

この子は本当に表情に変化がないなと思う。親に捨てられたショックで感情を失ってしまったのだろうか。

泰史もお湯につかり、

「あー」

と脱力したような声を洩らす。

再び『子供』とこうしてお風呂に入れるなんて思ってもいなかった。

優が生きていた頃は、毎日のように一緒に入っていた。そこで男同士、いろいろな会話をした。お湯をかけ合って遊んだりもした。

泰史は手でお湯をすくい、優の顔にかけた。目に入ってしまったようで、優は右手で滴を拭う。

「ほれ、ほれ、ほれ」

泰史は連続してお湯をかけてみた。すると、ようやく優の口元に変化が出た。

自然ではないが、ほんの微かに笑みを見せたような気がした。泰史は安心し、それからしつこくお湯をかけ続けた……。

風呂場から出た泰史は、優の濡《ぬ》れた髪の毛を乾かしてやり、一緒にリビングへ向かった。

大きなテーブルの上には、冬美がむいてくれた柿があった。

わが家で果物を食べるのも、とても久しぶりのような気がする。泰史は爪楊枝《つまようじ》で柿を刺すと、優を隣に座らせて食べさせてやった。

「美味しいか？」

優はこちらを向いて瞬きをするだけ。もう一つやると、同じようにモグモグと口を動かした。

部屋の雰囲気を明るくさせる意味で、泰史はテレビをつけた。リモコンをいじり、クイズ番組のチャンネルにしておいた。司会者が問題を読んでいる。

「優？　お風呂どうだった？　さっぱりした？」

冬美はそう問いかけ、少しの間を置いて頷いた。

「さっぱりしたのね」

冬美の言動が気になる。本当の幸せは、もうすぐそこまできているはずなのだが。

しばらくテレビに集中していた泰史は、ふと時計を確認した。

時間が経つのは本当に早い。もう九時を回っているではないか。隣に座っている優の瞼も重くなっている。

可愛い顔をしている、と泰史は微笑んだ。

「さあ、優。そろそろ寝ようか」

泰史は優を抱き上げ、階段へ向かった。冬美も一緒についてきた。

部屋の扉を開け、優をベッドに寝かせてやる。冬美がほっぺにキスをした。

「おやすみ」

優は目を閉じた。二人がそばに立っていても気にならないようだった。

「冬美。行こう」

「もう眠っちゃったのかしら」

「疲れてたんだよ。静かにしてやろう」

「ええ」

リビングに戻ると、二人は寄り添ってソファに座った。

泰史は、今日一日を振り返る。

心はもう既に固まっている。

冬美に、話しかける。

「あの子の……いや優の面倒を、一生見よう」

もう冬美の悲しい姿は見たくない。

ずっと優が必要だ。

「あなた、何あたりまえのこと言ってるの？」

泰史は、笑ってごまかした。

「い、いや、なんでもない」

こうして優との一日が終わった。泰史は明日にでも、P．I．へ向かう気でいた。

8

十月十日。月曜日。

この日、泰史は会社に連絡を入れ有休をとった。優と一緒にいたかったし、早くP．I．に行ってお金を支払い、正式に自分たちの子供にしたかった。レンタルしているということを頭から消したかったのだ。

午前八時三十分。泰史が部屋の扉を開けると、優は半身を起こしていた。まるで来てくれるのを待っていたかのようだった。

「おはよう、優」

薄暗い部屋から優の声が返ってくる。

「おはようって言ったのが分かるんだな。よしよし」

泰史は優をベッドから抱き上げ、服に着替えさせてやった。小さなポロシャツに黒い長ズボン。サイズもぴったりだ。

「じゃあ一階に行こうか。ママが朝ご飯作って待ってるぞ」

優は眠そうな目をこすりながら歩く。二人は階段を下りていった。

テーブルにはご飯、焼き魚、ハムエッグ、味噌汁が並んでいた。心が弾むのか、いつもより一品多い。

「あら優、おはよう」

優は口を開くことなく椅子に座る。泰史も隣に腰掛けた。

「じゃあ食べようか。この後、お出かけするんだぞ」

泰史はそう言って箸を取る。それを見ていた優も箸を手に取ったが、使い方が分からないらしく、箸をご飯に突き刺してしまった。

「優。箸はな、こうやって使うんだ」

優しい口調で教えてやる。正しい持ち方にはなったが、まだぎこちない。

「難しいだろうけど、すぐ慣れる。一つひとつゆっくり憶えていこうな」

自分も勉強しなければならないことがある。手話だ。そして優に教えなくては。声はなくとも、喋ることはできるのだ。早くコミュニケーションをとりたい。箸のせいで食べるのが遅くなったが、優は諦めなかった。

三十分かかったが、食べ終えたのだ。

「偉いぞ、優。よく頑張ったな」

頭を撫でて褒めてやると、優は作ったような硬い笑みを見せた。

「あなた、何言ってるの。ご飯食べたくらいでどうしちゃったの」

冬美からしたらそうだろう。現実を見ていないのだから。

「それより冬美。もう出かける準備はできているのか？」

「ええ。あとは食器を洗うだけよ」

「そうか。じゃあ優、ママに食器を渡そうか」

泰史は箸や茶碗や皿を流しに持っていく。優もそれを見て真似《まね》た。

「お前は本当にいい子だ。さて、あとはママを待つだけだ」

泰史は優を連れて、リビングのソファに腰掛けた……。

二十分後、食器を洗い終えた冬美がリビングにやってきた。

「じゃあ行きましょうか」

「よし」

泰史は立ち上がり、つけていたテレビを消した。

外に出るという雰囲気を察したのか、突然、優が二階に駆けていった。

「おい？　どうしたんだ？」

怪訝《けげん》に思っていると、すぐにまた階段を下りてくる音がした。

戻ってきた優の右手には、電子銃が握られていた。

「優は本当にそのオモチャが好きねえ」

泰史は心底驚いていた。優と全く同じ行動だったからだ。

「お前も、相当それが気に入ったんだな」

嬉しかった。涙が出るほどに。目の前にいる優への愛情が更に深くなる。

「さて、行こうか」

冬美が優と手を繋ぐ。先に玄関を出た泰史は車に乗り込み、エンジンをかけた。助手席には、冬美が優と一緒にやってきた。

「おいおい、またか」

「いいのいいの。ね、優」

「あーあーあー」

「嫌だってさ」

泰史は冗談を言って、アクセルを踏んだ。

平日とあって道は空いていた。泰史は途中にある銀行で、全財産である現金五百万をおろし、P．I．に車を走らせた。残りの五百万は、ローンのつもりだった。

一時間もかからなかったのではないか。まさか三日連続でここにやってくるとは思ってもみなかった。高ぶる気持ちを抑えながら、車をパーキングに停める。エンジンは切らなかった。

「ここでちょっと待っててくれ。すぐに戻ってくるから」

「どこ行くの？」

「ちょっとな」

そう言い残し、泰史は一人でP．I．へ向かった。途中、小走りしている自分に気づいた。建物に着き、自動ドアをくぐった泰史は思わず足を止めてしまった。受付に若い夫婦がいたからだ。目が合いそうになり、泰史は顔を伏せる。

レンタルの相談だろう。妙に気まずい。思わず手にある封筒を後ろに隠した。

若い夫婦がこちらにやってきた。一瞬ドキリとしたが、なんということはない。ソファに座っただけだ。泰史は歩を進め、受付嬢に頭を下げた。

「あのう、里谷と申しますが、岡本さんをお願いします」

業務用の声が返ってきた。

「岡本でございますね？　少々お待ちください」

受付嬢は笑顔で受話器を手にした。

「里谷様、岡本はすぐに参りますので、あちらでお待ちください」

「分かりました」

一分少々で岡本はやってきた。何かあったのかと慌てているようだ。

「里谷様？　どうかいたしましたか？」

気が気ではないという様子だったが、あまり気に留めなかった。

「別にたいしたことじゃないんです。ちょっとお話がありまして」

その言葉で、少し安心したようだ。

「そうですか。それなら、個室のほうへどうぞ」

泰史は、岡本についていった。昨日と同じ部屋のソファに腰掛ける。先に口を開いたのは岡本だった。

「それで、お話というのは？」

泰史は封筒をテーブルに置いた。

「まだ二週間経っていませんが、購入という形を取りたいんです。私たちには、あの子が必要です」

岡本は意外だというような顔をしている。

「こちらとしてはありがたいことなのですが、まだ一日しか経っていませんよ？　それでも？」

泰史は頷いた。

「結構です」

岡本は何か考えている様子だった。

「里谷様がそれでよろしいのでしたら」

迷いなどない。

「お願いします」

「かしこまりました。それではすぐに購入契約書をお持ちいたします」

岡本が部屋を出ていくと、泰史は深い息を吐き、ソファにもたれかかった。子供を『買う』なんて許されることではないだろうが、仕方がない。ここに来た事実はもう忘れる。新たな日々は、今日から始まる。

十分後、岡本が部屋に戻ってきた。手には数枚の用紙。それを目の前に出された。

「それでは契約書をお読みになり、サインとハンコをお願いします」

お金を支払うことに変わりはない。泰史は契約書をスラスラと読んでいく。内容はこのようなものだった。

購入金額からは、レンタル時の五十万円が差し引かれることや、一括払いでない場合のローンの詳細について。

アフターサービスの面では、一年ごとに無料で健康診断が受けられることや、私立の学校紹介等が書かれてあった。

「でも驚きましたよ。昨日の今日でしたから、何かあったのではないかと」

岡本はホッとしているようだった。

「早いほうがいいと思いまして」

「ありがとうございます。でも、里谷様と同じように、二週間経つ前に購入される方も結構いらっしゃるんですよ」

「やっぱりそうですか」

「二日目にいらっしゃったのは里谷様が初めてですが」

泰史は全ての用紙にボールペンでサインし、ハンコを押していった。

「これで、いいですか？」

契約書を確認して岡本からＯＫが出た。

「はい。大丈夫です。それで……代金のほうですが」

事務的な岡本の言葉に、泰史は大きな封筒を差し出した。

「五百万入っています。残りはローンでお願いします」

「分かりました。では、確認させていただきます」

数えるのに何分かかったろう。静かに時が流れる間、優のことばかりを考えていた。早く戻りたい……。

岡本は最後の一枚をピンとはねて、お札を置いた。

「ちょうど五百万円、お預かりいたします」

これで貯金はなくなってしまったが、惜しいとは思わない。また頑張って働けばいいのだ。借金だってすぐに返せる。優がいれば、辛いことだって忘れられる。

「里谷様、それで昨日はどうでしたか？　楽しい一日を過ごせましたか？」

「ええ。とっても。死んだ息子を見ているようです。ここに来て本当によかった」

「そう言っていただくのが、私たちにとって何よりの喜びです」

「いい子を見つけることができました。ありがとうございます」

「いえいえ、こちらこそありがとうございました。それでは、ローンの申し込み用紙は、後日郵便で送らせていただきますので、ご記入のほう、よろしくお願いいたします」

「分かりました」

泰史はソファから立ち上がった。

「では、優が待っていますので、そろそろ」

「下までお送りさせていただきます」

二人は部屋を後にし、外に出た。

「里谷様、どうぞお幸せに」

泰史は岡本に丁寧に挨拶し、背を向けた。

足を止め、建物を振り返る。

買ったのではない。寄付したのだ。そう自分に言い聞かせ、車に戻った。

ドアを開けた泰史は、何事もなかったように運転席に座った。

「あなた。随分遅かったじゃない。どこに行ってたの？」

言えるはずがない。この子を金で取引したなど。

「何でもない」

「変なの」

泰史は優の頬を撫でながら話題を切り替えた。

「さて優、時間もあることだし、どこへ行こうか」

冬美の目が輝く。

「いいわね。どこにしましょうか」

泰史の考えは既に決まっていた。

「遊園地に行こう。優、楽しいぞ」

「そうね。そうしましょう」

二人がどんな会話をしているかなど優は分かっていない。手に持った電子銃で遊んでいる。

「じゃあ行くぞ」

遊園地に行けばきっと喜んでくれるだろう。泰史はシフトをチェンジし、アクセルを踏んだ。


都内にある遊園地に到着した三人は車を停めて、ドアを開けた。

「優。いっぱい楽しもうな」

優を真ん中に、三人は手を繋いで入場口に進んでいく。受付で代金を払い、敷地内に一歩足を踏み入れた途端、別世界へと変わった。ビルや高層マンションばかりが建ち並ぶ都会から離れた気がした。

ジェットコースター、観覧車、コーヒーカップやメリーゴーラウンド。客の歓声が聞こえてくる。

まず風船を持ったピエロが迎えてくれた。

優はピエロを見上げながら、無表情のまま受け取った。泰史が代わりにお礼を言った。

休日と比べて、客の数はかなり少なかった。優とはここへは来ていない。地方の遊園地に行ったことはあったが、コーヒーカップで酔ってしまい、すぐに帰ってしまったのだ。あれはあれで、いい思い出だが、今日はいっぱい喜ばせて帰りたい。

「さて、何から乗ろうか」

遊園地に初めて来たのだろう、優はいろいろな乗り物を真剣に見つめている。自分で決められるはずもなく、泰史が冬美に提案した。

「絶叫モノはまだ無理だから、メリーゴーラウンドあたりから乗ろうか」

「そうね。そうしましょう」

三人は、手を振りながら歩いていく。途中、自動販売機で使い捨てカメラを購入した。優が楽しんでいる姿を残しておきたかった。

係員に誘導されるまま、泰史は一人で、冬美と優は一緒に乗った。しばらくすると合図が鳴り、楽しげな音楽とともに馬や馬車が動きだした。

泰史は後ろを向き、優に手を振る。聞こえはしないが、優は大きく口を開けている。面白いと思ってくれているだろうか。初めての乗り物に戸惑っているかもしれない。

「パパ」

冬美の声に顔を向ける。

「写真撮って」

泰史はポケットからカメラを取り出し、こちらを向いている優と冬美に、

「笑って」

と言った。ピースを作る冬美の横で、優は馬の頭に手をのせていた。

一枚、二枚と連続で撮った。三枚目のシャッターを切ったところで乗り物は停止した。馬から降りた三人は、自動販売機の前でジュースを買った。喉が渇いたのか、優はゴクゴク飲んでいる。

「さて、次はどうしようか」

「あれなんかいいんじゃない？」

ゴーカートだ。優も一緒に乗れるだろう。

「よし。あれに決めた」

三人は、再び歩きだした。

その後も、観覧車、お化け屋敷、射的場など様々なアトラクションを回っていった。ついつい時間を忘れてしまい、気がつくと夕方の四時になっていた。

「じゃあ最後に、ダンスショーでも観に行ってみるか」

「そうね。そうしましょう。いいわね？　優」

優は、無反応。聞かれているのが分かってない。

「よし、じゃあ行こう」

三人は建物内に足を進める。

泰史は、優を楽しませようと必死だった。

まだ、心を開こうとはしてくれない。どのアトラクションに乗っても、笑ってはくれなかった。

諦めはしない。

まずは自分たちに慣れてもらう。そこからだ。

二年の空白は、少しずつ埋めていく。

もう離れ離れになることはない。今日からこの子は、本当の息子になったのだから……。

9

十月十一日。火曜日。

優が我が家に来て三日目の朝を迎えた。正直まだ違和感はあるが、時間が経てば昔のようにこれがあたりまえの生活になっていく。

やっと摑んだ幸せを、二度と手放すつもりはない。

いつもどおり七時半に目を覚ました泰史は、冬美が用意してくれた朝食を摂り、スーツに着替えた。

「優はもう起きてるかしら」

そう言いながら冬美は二階へ階段を上がっていく。

「おいおい、起こすなよ。まだ寝てるだろ。昨日は疲れてたんだから」

泰史の声など耳に届かないようだ。優の部屋の扉が開く音がした。

「やれやれ」

と泰史は時計を確認すると、もう遅刻ギリギリの時間になっている。

「まずい！」

と慌てて玄関に向かった。靴を履いていると、後ろから呼び止められた。

「あなた」

かかとを直しながら振り返ると、優も一緒に立っていた。俄然《がぜん》、泰史の顔が輝く。

「優。おはよう」

目、鼻、口、どの部分もピクリともしない。

「無理やり起こしたんだろ」

「もう起きてたわよね、優」

「まあいいや。もう時間がない」

泰史は、優の頭を撫でた。優は見据えるようにして、こちらを見上げている。

「行ってくるよ」

扉に手を伸ばす。

「行ってらっしゃい」

首だけを向けると、冬美に右手を持たれた優が手を振っていた。

「行ってきます」

扉を閉めた泰史は、全力で駅に走った。だが不思議と苦に感じない。

喋れはしないが、優の声が聞こえた気がした。行ってらっしゃいと。

清々《すがすが》しい朝だった。昨日の疲れも消えてしまっている。出社している最中だというのに、帰った時のことを想像している。頭の中が、優一色に染まっていた……。

時間どおりに会社に到着した泰史は、鞄を置いて自分のデスクに座る。そして早速パソコンを立ち上げ、仕事を進めていく。

泰史の変化にまず最初に気づいたのは、コーヒー係の早紀だった。

カップを置く彼女に泰史は、

「ありがとう」

と手を上げた。

「里谷さん？　何かいいことでもあったんですか？」

突然そう言われ、キーボードを叩く指が止まる。

「い、いや別に。どうして？」

「何となく嬉しそうだったから」

「そ、そう？　そんなことないけど」

「そうですか？　気のせいですかね」

無意識のうちに顔に出ているのか。優のことを考えていたのは事実だが。

全てをみんなに話したいが、事情が事情である。隠し通すしかない。

泰史は熱さをこらえてコーヒーを一気飲みし、立ち上がった。

「じゃあ、お客さんのところへ行ってくるから。コーヒーありがとう」

そう言って、泰史は逃げるようにしてオフィスを後にしたのだった……。

この日も顧客の故障車を取りに行く仕事からだった。泰史は会社の車に乗り込み、エンジンをかける。家を出てまだ何時間も経っていないのに、携帯を取り出し自宅にかけた。

公園にでも出かけたのだろうか。なかなか出てくれない。一分少々コールし、ようやく冬美の声が聞こえた。

「もしもし？　俺だけど」

「あなた。どうしたの、こんな時間に？　何かあった？」

「いやそういうわけじゃない。優、元気にしてるかなと思ってさ」

冬美はため息を洩らした。

「ただそれだけのことで電話してきたの？」

そう言われて恥ずかしくなる。

「あ、ああ」

「元気よ。今、優の部屋で一緒に遊んでたの」

「そうか。楽しそうだな」

「ちゃんと、仕事に集中してよ」

「分かってる」

「今日は帰り早いの？」

泰史は、当然というように頷いた。

「ああ。八時前には着いてるよ」

「そう。じゃあ夕飯の支度して待ってるわ。お仕事頑張って」

通話を切った途端、今度は着信音が鳴った。

正史からだ。しかしこの間のような、嫌な思いはしなかった。

優に似ている子供を見つけた。

そう報告して以来、連絡をとっていなかった。兄にはその後のことを話さなければならないと思ってはいた。

「もしもし？」

出るといきなり文句が飛んできた。

「通話中だから何度もかけちゃったよ」

「悪い悪い。で、どうした？」

我ながら白々しい台詞だった。

「どうしたじゃねえよ。あの話が気になったから電話したんだよ」

「そうだよな。分かってる。実は……」

泰史はこの三日間の出来事を全て話した。もちろん、『購入』したという事実も。

「い、一千万って……本当かよ」

「ああ。でも別に惜しくないと思ってる。何度も言うけど、優そのものなんだ。優と一緒にいる気にさせてくれるんだ」

「そこまで似てるのかよ。信じられねえけどな」

「嘘じゃないさ。優が死んだのが夢だったんじゃないかって思うほどなんだ」

泰史は思わず熱弁をふるっていた。すると兄が突然こう言ってきた。

「じゃあ、今日お前の家に行くよ。遅かれ早かれ、会うことには変わりないし」

「え？　今日？」

「まずいか？」

「いや、そんなことはないけど……」

兄に隠すつもりはない。しかし、優を見て、どういう反応をするだろうか。

心配でも不安でもないが、会わせる覚悟ができていない。まだ、耳が不自由だとは言っていないのだ。

「それで、何時に家に行けばいい？」

兄は思い立ったら即行動する性格だ。来ると言ったら来る。

迷ったが、別の日にしても同じことだろう。

「じゃあ、八時ちょっと過ぎに来てくれ。その頃には帰ってるから」

「分かった。それくらいの時間に行くよ。じゃあ」

泰史は携帯をしまい、深い息を吐いた。

そうだ。堂々と会わせればいい。確かに金で取引した。障害だって持っている。

だが、我が子だという事実に変わりないのだ。

泰史はそう強く自分に言い聞かせた……。


八時半丁度に、家のチャイムが鳴った。玄関の扉を開けたのは泰史だった。

「悪いな。少し遅くなっちゃったよ」

泰史は深刻な表情で迎える。

「待ってたよ。さあ入って」

「まだ寝てないよな？」

「ああ」

リビングからエプロン姿の冬美が出てきた。

「お兄さん、こんばんは！　待ってましたよ！　優も！」

冬美の明らかな変わりように、兄が驚いてこちらに目を向けた。そして不思議そうに、

「優？」

　と訊いていた。

「まあまあ、入って」

　その場は何とかごまかし、兄を部屋の中に招いた。

「どうしちゃったんだよ、冬美ちゃん」

　耳元でそう囁《ささや》かれたが、どう答えたらよいのかすぐに判断できなかった。

「優。おじさんが来てくれたわよ」

　兄は何とも解せない様子だった。しかしリビングに入った途端、全ての疑問が一気に吹き飛んでしまったようだ。

「う、嘘？」

　ソファに座っている優を目にして、兄は固まってしまっている。

「ほ、本当に優じゃないか」

「ほら、優。おじさんにご挨拶しなさい」

　そう言われても、優は全く動かない。冬美は強引に立たせて、目の前でもう一度言い聞かせた。するとし優は口を開けた。

「あうあぁ……」

「冬美。兄貴にコーヒーでもいれてやってくれないか」

「そうね。お兄さん、ちょっと待っててくださいね」

そう言い残し、冬美はキッチンに行った。兄は優の前に屈《かが》み、顔と身体をまじまじと見つめた。優は、まるで人形のようにじっとしている。

「驚いた。信じられねえよ。優を見てるようだ」

「そうだろ？」

「ああ。それより……」

その先は分かっていた。

「実はそうなんだ。この子、耳が不自由なんだ」

「やっぱりそうか」

「でもそんなことは関係ない。この子を見た瞬間、一生面倒を見たいって思ったよ」

長い間を置き、兄は頷いた。

「そうか。ここまで似てたら、障害なんてな……」

「ああ。それと親に捨てられたショックで、感情を失ってしまってるようなんだ」

兄は優を見て納得の表情を浮かべた。

「可哀想に……。でもやっぱり、俺の知り合いの話は本当だったんだな」

「最初に、多くの子供たちの写真とデータを見せられた。そして気に入った子がいたら二週間レンタルするんだ」

「で、お前は二週間経たずに……」

その後は言いづらそうだった。

「そういうこと」

ごく自然に泰史は答えた。

「それにしても似てるな」

ただ突っ立っているだけの優を抱き上げ、ソファに座らせた。優の目は、兄を捉《とら》えている。

「おい。それより冬美ちゃん……」

泰史は困ったように頷いた。

「この子を、優本人だと思い込んでるんだ。最初は、元気を取り戻してよかったと思ったけどな……。彼女にも、まだ時間が必要なんだ」

「病院へ連れていったほうがいいんじゃないのか？　カウンセリングとか受けさせたほうが」

「それも考えてる」

「お待たせしました」

二人は慌てて話を中断した。

「ありがとう、冬美ちゃん」

「熱いから気をつけてくださいね」

兄はコーヒーカップを受け取り、一口すする。

「美味しい。いれ方が上手だなー」

兄のその言い方は妙に白々しかった。

「そうですか？」

冬美は、満足そうに笑った。優は、ただまっすぐ前を向いている。

それから、冬美は兄との会話を楽しんだ。兄はただ、合わせていただけだったが……。

そして三十分後、ゆっくりと立ち上がった。

「じゃあそろそろ帰るわ」

「え？　もう？」

「明日早いからな」

嘘だというのは分かっていた。泰史が玄関まで見送ろうとすると、冬美も優を抱いてやってきた。

「冬美ちゃん、優、じゃあ」

冬美は明るく手を振った。

「泰史、ちょっと」

兄に呼ばれ、泰史は冬美に声をかけてから一人で外に出た。

「どうしたんだよ」

すると肩に手を置かれた。

「お前も大変だろうけど、頑張れよ。それと子供のことは、当分母さんには黙っていたほうがいいぞ」

「分かってる」

「じゃあ、またな」

そう言って、兄は帰っていった……。

誤算

I

それから約一ヵ月の間、仕事中を除いて、泰史は優と付きっきりの生活を送った。一緒にご飯を食べ、風呂に入り、テレビを観る。会話を成立させるための勉強も徐々に始めた。まず、用紙にひらがなとカタカナを書き、一文字一文字、じっくり時間をかけて文字を覚えさせようとした。次に単語を教えた。部屋にあるものを指差し、紙に書いて見せていった。一からのスタートだったのでかなり根気がいったが、辛いとは思わなかった。むしろ、楽しかった。

しかし、これで本当に効果があるのだろうか。相当な時間をかけたが未だ全く成果がない。例えばリンゴを指しても、優は何の反応も示さない。ボールペンを持たせても、すぐに落としてしまうのだ。怒るに怒れないし、対応に苦労しているのは事実だった。

果たして理解してくれているのか。言葉の重要性を改めて実感した。音を失った優は、もっと苦しんでいる。自分が諦めてはならなかった。

手話も勉強しなければならなかった。泰史は手話本を買い、まずは一人で練習した。最初は全然慣れなかったが、やっていくうちに言葉と動作が一致するようになっていった。完璧《かんぺき》にこなせば、優に教えて会話ができるようになる。そんな夢を抱きながら、泰史は陰で頑張っていた。

それよりも心配なのは、優がまだ心を開いてくれないことだ。初めて会った日から何の変化もない。表情は硬いままだし、自分の意思を示さない。冬美は相変わらず現実が見えておらず、優の態度に何の違和感もないようだが……。

このままの生活で、本当に問題ないのだろうか。治療をすべきなのではないのか、少し不安になってきた。

そんな悩みを抱いてた、ある日のことだった……。

十一月十二日。待ちに待った土曜日の朝を迎えた。十月に比べ気温はグンと下がり、布団から出るのが辛い毎日になっていた。しかしこの日はどんなに寒かろうが特別だ。

優と冬美の三人で、冬服を買いにショッピングモールへ出かける予定になっていた。泰史は目覚めるとすぐに起き上がり、箪笥《たんす》から私服を取って、洗面所に向かった。弾む心を抑えられなかった。

お湯が出るのを待っていると、冬美に声をかけられた。

「あら、もう少し寝てればいいのに。まだ早いわよ」

泰史は、鏡越しに会話をする。

「目が覚めたらもう寝られないよ。それで、何時に出るの？」

「十時半頃でいいんじゃないかしら？」

あと二時間が、ものすごく長く感じられるだろう。

「朝ご飯できてるからね」

「うん。ありがとう」

冬美は、鏡から姿を消した。

優を起こしに行くのは、九時半になってからでいいだろう。朝食を済ませた泰史はソファに腰掛け、新聞を手に取る。が、落ち着いて読めない。すぐに放り出してしまった。

テレビの電源を入れる。しきりに時計を確認しながら、適当にニュースを聞いていた。

時計の針が、ようやく九時半を示し、新しい番組に切り替わった。もう起きたのだろうか。

電源を切るのももどかしく、泰史は階段を駆け上がり、優の部屋の扉をノックした。

「優。おはよう」

優は、ベッドから下りようとしているところだった。

「大丈夫か？」

「あー」

泰史は優を抱き上げ、床に下ろした。先に一階に行ってなさいと、階段のほうを指差す。それは理解したようだ。部屋から出て、階段を下りる音が聞こえてきた。泰史は、優が着ていく服を熱心に選び始めた。

青いセーターに、白い長ズボン。パンツとシャツを取るのも忘れなかった。

「よし、これでいいか」

納得した泰史は、一階に向かった。そして、冬美のそばにいた優を洗面所に連れていった。

しかし、そこでちょっとした異変に気がついた。優が着ているパジャマを脱がせている時だった。

裸になった優の身体を見て、泰史の顔から笑みが消えた。

「ん？」

胸からお腹の辺りまで、皮膚がかさついている。

これは、何だろうか？　他の部分は、そんなことはないのに。

「優？　これ、どうした？」

聞いても分かるはずがない。本人も気にしている様子はない。

腕はどうだろうと泰史は確かめる。

異状は、一目で分かった。

やはり明らかに肌がかさついている。軽くこすると皮膚がハラハラと剝《は》がれ落ちた。

「優……？」

昨日はそんなことはなかった。風呂に入る前だって裸を見たが、スベスベしていたはずだ。

なのに、今朝はどうして？

「冬美！　おい！　ちょっと来てくれ！」

慌てて冬美がやってきた。

「どうしたの？」

「これ……」

泰史は、優の胸と腕を見せた。

「肌が、ほら。どうしたんだろう」

冬美は首をかしげ、こう答えた。

「ただ乾燥してるだけだと思うけど。この頃、寒くなってきたからね」

そんな深刻には考えていない様子だった。

そう言われてみれば、そうなのだが。

妙に心配だ。まさか悪い病気ではないだろうな。優を病で失っているから、ちょっとしたことでも余計不安になる。

「大丈夫よ。クリームでも塗っておけば、すぐによくなるわ」

「そうかな」

泰史が心配する横で、冬美は優にセーターを着させた。

「それよりほら、裸じゃ寒いでしょ。さあ優、ご飯食べましょうね」

そう言って、冬美は優を連れていった。泰史も、後ろをついていく。

やはり考えすぎなのかもしれない。優のことがあり、神経が過敏になっていただけだ。肌がかさつくことなど、誰にだってある。心配しすぎていたようだ。

泰史に、明るさが戻った。

「さあ優、それ食べたらお出かけするぞ。お洋服を買いに行くんだ」

しかし、思い過ごしなどではなかったのだ。

この日を境に、泰史の顔から笑顔が減っていった……。

2

明らかにおかしいと感じたのは、それから十日後の朝だった。優の肌のかさつきを発見した日から、乾燥用のクリームを塗り続けたのだが効果はなく、それどころか、皮膚の状態は悪化していった。しかも異常なほど速く。

胸や腕だけではない。首から下の全ての皮膚が、かさついてひび割れ、触るとボロボロと剝がれ落ちる。削れていくかのように。そして血が滲むのだ。

それだけではない。昨日から、今度は肌の色も変わりだした。微かにだが、薄黒く。全身にシミができたように……。

更に、手の甲と首には皺ができ始めた。まるで、徐々に水分を失っているようだった。

まさかこんなに悪くなるなんて……。

優の身体で今、何が起こっているのだ。泰史は、眠れない日々を送った。

そして今朝、とうとう顔にまでその症状が表れた。瞼、頰、口の周りは特に酷《ひど》い。皮がペロリとめくれるほどだ。

優はこの十日間で、枯れ木のような姿になってしまった。

アトピー？　皮膚癌《がん》？　それとも素人には分からない他の病気か？

ここまでくるとさすがに放っておくことはできず、泰史は仕事を休んで優を病院に連れていくことにした。しかし、冬美は納得しなかった。

「大丈夫よ。優のどこが悪いっていうの？　病院に行く必要なんてないわよ」

どこが大丈夫だというのだ。優の状態を見ても分からないというのか。冬美は、生きていた優を思い浮かべているだけで、現実を見ようとしない。

「このままじゃよくないよ。君が何と言おうと病院へ連れていく。そのほうが安心だし」

冬美はこちらに背中を向け、

「あっそう。だったら勝手にすればいいでしょ」

と怒りを露《あらわ》にし、その場から立ち去ってしまった。

泰史は優の目線まで屈み、優しい笑みを浮かべて頭を撫でた。

「大丈夫。よくなるから」

ガサガサに荒れた顔。薄黒く変色した水分のない肌。泰史は優を力強く抱きしめた。

早く治してやりたい。

「さあ優、行こうか」

顔を見られないように帽子を被《かぶ》らせ、泰史は優と手を繋いで玄関を出た。二人は、最寄りの総合病院へと向かった。

泰史は、気が気ではなかった。こんなことになるのなら、もっと早く連れてくればよかったと後悔する。アクセルを、更に強く踏み込んだ。

『北村総合病院』

区役所を抜けると、五階建ての白い建物が見えてきた。

ここにやってくるのは、二年ぶりだ。優が死んだ日の映像がフラッシュバックする。優は、ここで息を引き取ったのだ。

だからといって、避ける理由はない。区内で一番大きな病院で評判もいい。設備や人材も揃っているので、ここなら安心だろう。優は手の施しようがなかったのだ。誰の責任でもない。

大型駐車場に車を停めた泰史は、優を抱っこして入り口の自動ドアをくぐった。

嫌な記憶を振り払い、受付へ足を運ぶ。症状を告げると皮膚科に行くように言われた。

泰史は人目を気にしながら、内科、整形外科を通り過ぎ、皮膚科で立ち止まった。中年の看護師に、診察を申し込んだ。

「初めてですか？」

「では診察カードをお作りいたしますので、この用紙に名前と住所を書いてください。それと、保険証をお願いします」

「はい……」

そこで肝心なことに気づいた。

そうだ保険証。職場に申請していない。いや、できない。

「あのう、保険証はまだないので、今日は実費でお願いします」

「分かりました。では用紙に記入するだけで結構です」

泰史は、手際よく用紙の欄を埋めていく。

「これでいいでしょうか」

「はい。それではお掛けになってお待ちください」

内容を確認した看護師は、黒い椅子を示した。泰史は、優を抱きながら腰掛ける。他に待っている患者は十人程度。誰もこちらに注目していないが、優の顔を伏せさせた。

そうだ。彼はいるだろうか？

泰史は、辺りを見渡した。

ここには、優の担当医だった友人の小俣哲郎が勤務している。大学の時に知り合いに紹介されてから十年間、ずっと仲が良かった。よく飲みに行ったし、将来のことを語り合った。

しかし、二年前の件で小俣は責任を感じ、あまり連絡をしてこなくなった。葬式の時以来、彼には会っていない。こちらからメールをするだけだ。

泰史は恨んでなどいない。むしろ、全力を尽くしてくれたのだから感謝しているくらいだ。だが、彼は自分が許せないのだろう。

責任感の強い男だった。幼い頃に母親を病気で亡くし、それから医者を志すようになったそうだ。ずっと、多くの患者を救いたいと語っていた。そんな彼にとって、友人の子供の死は、相当なショックだったのだろう。

今日は出勤しているのだろうか？

できれば会いたいが、隣には優がいる。

泰史は、優が着ている袖《そで》をめくった。その動作だけで、皮膚がポロポロと剝がれ落ちる。腕はひび割れが特に酷く、蛇紋のようになってしまっている。見ているのが苦しくなり、すぐに隠した。

それにしてもなぜこんなことに？

十日、いやもっと前にさかのぼってよく考えてみる。

アレルギー体質なのだろうか。与えてはならないものを与えた？　それともやはり突然の病だろうか？　いくら悩んでも答えなど出ない。

P.I.の岡本が、何も言っていなかったことを思うと、やはりよくない病気だろうか。胸に針が突き刺さる思いだった。
どうして私たちだけがこんな目に遭《あ》わなければならないのだ。

この子にまで何かあったら……。

泰史はいてもたってもいられなくなり、中の様子を確認する。あと何分待つのだろうか。早く診《み》てもらいたい。予約をしていないので、時間がかかるかもしれない……。

その予想どおり、一時間過ぎても名前は呼ばれなかった。泰史が来る前から待っている患者はあと三人もいる。

「早くしてくれ」

苛立《いらだ》ちが募る。腕の力が限界に達したので、優を隣に座らせた。

退屈なのだろう。優はこちらに顔を向けて、

「あーあー」

と、周囲に響くほどの大きな声を出した。待ちくたびれた患者たちが振り向く。泰史は人差し指を立て、静かにしなさいと言った。そして、帽子の位置を直すふりをして、更に深く被らせた。

その時だった。前方からやってくる紺のスーツの男が視界に入った。

百八十センチ以上ある長身に、直毛の髪。縁なしメガネに、高い鼻。いかにも怜悧《れいり》そうで、女性受けしそうな顔立ち。

間違いない。小俣哲郎である。

しかしどうしたのだろう。瞳にはかつてのような力がない。

声をかけてもよいものか。悩みはしたが、泰史は無意識のうちに口を開いていた。

「小俣」

自分の名が呼ばれ、小俣哲郎は立ち止まった。そしてこちらに気づき、ハッとなる。

「里谷……」

優の存在を明かしてもいいと思った。

泰史は、右手を軽く上げた。

「久しぶり。元気だったか？」

「ああ」

小俣は気まずそうに答えた後、メガネを直した。やはり優のことで引け目を感じているのだろう。態度がよそよそしい。昔はもっと明るく、何でも話し合える仲だったのに。

「仕事は？」

小俣は目が合うと、すぐにそらしてしまう。

「夜勤だったんだ。これから、帰るところ」

「そうか。お疲れ」

「今日は……」

優の姿が、目に留まったようだ。

「その子は？」

一から事情を説明しようと思った。

「実は……」

しかし話す前に、優が目の前にいる男の気配を感じ、顔を上げたのだ。

「あーあーあー」

その途端、小俣は目を大きく見開き、後ずさった。

「まさか……」

「小俣、聞いてくれ」

彼の顔色がだんだん青ざめていく。

「う、嘘だろ？」

「落ち着いてくれ」

泰史は立ち上がり、完全に取り乱している小俣の腕を摑み、隣に座らせた。小俣の額から一粒の汗がこぼれた。両手が小刻みに震えている。優は確かに死んだのだ。彼はそれを確認している。当然の反応だった。

小俣は、優を見ようともしない。口で呼吸を繰り返している。

少々間を置き、泰史は話し始めた。

「ビックリしたよな。すまん」

泰史は、思いきってこう訊いてみた。

「なあ小俣。今、噂になっているらしいんだけど、レンタル・チルドレンって知ってるか？」

その瞬間、彼は顔を上げた。そして、ぼそりとこう言った。

「あ、ああ……聞いたことは」

泰史は小俣の顔を覗き込む。

「本当か？」

「知人から、教えてもらっただけだけど」

「そうか。なら話は早い。実はこの子が、そうなんだ。俺は兄貴に紹介されて、その会社に行ったんだ」

小俣は、優を一瞥する。

「本当に似てるだろう？　写真を見た時は驚いたよ」

小俣は下を向きながら訊いてきた。

「一緒に生活してるのか？」

妙に焦った喋り方をする。なかなか冷静にはなれないようだ。

「ああ。もう一ヵ月以上になる。最初はレンタルだったんだが、ずっと面倒を見ることにした。要するに……金で取引したんだ」

「そ、そうか」

「ただこの子、耳が不自由なんだ」

小俣と一瞬、視線が重なった。

「耳が？」

泰史は頷く。

「だから、コミュニケーションをとるのが大変でな」

「……そうか」

泰史は、本題に入った。

「それよりも、十日くらい前からなんだが、この子の皮膚に異状が出てな」

泰史は、優の長袖をめくった。小俣は別段、驚きはしなかった。

「どうしたんだ？」

「俺にも分からない。全身がこんな状態なんだ。最初はどうってことないって思ってたんだけど、十日でこんなにも」

「それ以外の症状は」

「肌の色が、こうして黒く。それに、手の甲と首には皺が」

小俣は妖怪《ようかい》でも見るような目をした。そしてゴクリと唾を呑み込んだ。

「なあ、どう思う？　悪い病気じゃないよな？」

「俺には、何とも」

小俣の声が裏返る。泰史は気を落とした。

「そうだよな」

そこでようやく、看護師に名前を呼ばれた。泰史は優の手を取り立ち上がった。

突然、小俣がこう言った。

「お、俺も行くよ。心配だからな」

その言葉に、泰史の表情がやわらいだ。

「本当か？　助かるよ。ありがとう」

専門は違っても、知り合いの医師が隣にいてくれるだけで心強い。

「じゃあ、行こうか」

泰史と優は、小俣の後ろについていった。

「次の方どうぞ」

彼が、扉を開けてくれた。

「小俣先生」

四十歳くらいの医師が姿勢を正す。

「どうも。この患者の知り合いで」

「そうでしたか」

医師は泰史たちに視線を移す。

「どうぞ。お掛けになってください」

泰史は、医師の前に優を座らせた。

「どうされましたか？」

泰史は一から説明をした。

「十日前の朝、この子の胸や腕がかさついているのを発見しまして、その時はただ乾燥しているだけだと思ったんですが、日に日に悪くなっていきまして。肌の色も変わってきてしまって。今朝、顔にも」

「今朝、ですか？」

「ええ」

泰史は、優が被っている帽子を取った。医師は、眉間に皺を寄せながら、優の全身を見ていく。優はただじっと座っているだけ。無表情のまま、眉一つ動かさない。

「裸になってもらってもいいですか？」

「はい」

優の服を脱がせ、上半身裸にした。医師は優の手を取って呟いた。

「これは……ちょっと酷いですね」

「ええ」

「痒《かゆ》みは？」

「ないと思います」

「僕？　そうなのかな？」

医師は優に尋ねた。泰史はすぐに事情を話した。

「この子、耳が不自由なんです」

医師は感情のない優の目を見る。

「そうでしたか。すみません」

「いえ……」

診察は続く。次に医師は、優の首を軽く触った。

「痛いという感じはありませんね」

「はい……」

泰史は我慢しきれず、医師に尋ねた。

「先生。悪い病気でしょうか？」

すると医師は腕を組み、唸《うな》った。

「正直、こんな症状は見たことがありません。アトピーではないですし、その他の皮膚病にもあてはまらないようです。もっと分からないのは、手と首の皺と、肌の変色です。今、お聞きした進行の速さも不思議なんですよね」

小俣が横から入ってきた。

「と、いうと？」

「今朝になって突然、顔にも症状が表れたんですよね？」

「はい」

「ちょっと考えられませんね。いきなりこんなに酷くはなりませんよ。アメリカで老化が通常の十倍の速さで進行するという病気が報告されていますが、それと同じ症状かどうかは、もう少し調べてみないと……」

大人三人は黙ってしまった。しばらくして、医師がある提案をしてきた。

「どうでしょう、三日後に、もう一度来てもらってもいいですか？　病状の変化を確認したいので。その前に内科で診てもらうことを勧めますが」

「内科で？」

「はい。もしかしたら原因が分かるかもしれない」

小俣もそれに賛成した。

「そうですね。皮膚科で判断できないのでしたら、そのほうが」

「分かりました。そうします」

「念のため、塗り薬を出しておきます」

「ありがとうございます」

泰史は、優に服を着せ帽子を被らせた。

「じゃあ、行こうか」

優の手を握り、再び小俣についていく。扉を閉める際、もう一度医師に頭を下げた。

薬を受け取った泰史は、小俣とともに内科へ向かった。そして、また一から症状を話した。

優は裸にされ、全身を調べられた。

しかしなぜかそこでも、病気の原因は摑めなかった。むしろ、健康だと診断されたのだ。皮膚科では何も言われませんでしたか？　としつこいくらいに訊かれた。判断できないそうだ、と答えると、内科の医師は首をかしげていた。とにかく、悪いところはどこもないらしい。薬を出す必要もないと言われた。泰史は、不安を残したまま診察室を後にしたのだった……。

泰史と小俣は、待合室の椅子に座り込む。優は何事もなかったかのように、テレビをボーッと眺めている。

どういうことだ。病気ではないのにどうして？　原因が摑めないとはどういうことだ。

逆におかしいではないか。

どうなっているのだ。優の身体は……。

「小俣、付き合ってくれてありがとう」

「いや……別に」

泰史は優を見ながら口を開く。

「この子、大丈夫なんだろうか？」

小俣は、こう言ってくれた。

「きっと、よくなるさ」

そう信じるしかない。

「ありがとう」

「もし、何かあったら相談してくれ」

泰史は深く頷いた。

「分かった」

すっかり暗い雰囲気になってしまったので、泰史は無理して話題を変えた。

「それより、啓太君、元気か？」

小俣の一人息子である。今年で七歳になるはずだ。

「あ、ああ」

「そうか。それは何よりだ」

「じゃあ俺は、そろそろ行くよ」

急いでいるのか、小俣は一方的に会話を終わらせてしまった。

「ああ。本当にありがとう」

出口に向かって歩いていく小俣の後ろ姿を見つめながら、泰史は肩を落とした。

不可解だ。治るどころか、進行する一方ではないか。何か術《すべ》はないのだろうか。とにかく今は、金曜日になるのを待つしかない。泰史は、奇跡を祈るしかなかった……。

しかし、三日後、泰史は絶望の淵に立たされた。やはり今回の症例は今までにはないらしく、病院としては優君の今後を追っていきたい、という結論が出された。要するに、研究材料にしたいということだろう。泰史は、お願いしますと一応頭を下げて帰ってきた。

自宅に着いた泰史は、部屋に閉じこもった。

変わり果てた優の姿が頭から離れない。

この先あの子はどうなるのだ。

冬美は、何の心配もしていない。今も無邪気な笑い声が聞こえてくる。

なぜこんなことに？

普通の毎日を送っていれば、治っていくのだろうか。時が解決してくれるだろうか。

『きっと、よくなるさ』

小俣が言ったように、信じていれば絶対によくなるのか。

だがこの時、泰史はまだ知らなかった。本当の始まりは、ここからだということを……。

3

十一月二十六日。土曜日。

病院で貰《もら》った塗り薬は、気休めにもならなかった。むしろ、悪化させているようにも思える。昨日まではなかったのに、今朝になって、目尻や口元にも皺が出始めた。現実を受け入れられず、泰史は優の皺を半ば強引に伸ばす。いくら薬を使っても、元どおりにはならない。クリームの入った容器を壁に投げつけると、驚いたのか、優は口を広げて大声を張り上げた。泰史は耳を塞《ふさ》いでしまいたかった。

気づけば、正常な肌を保っている部分はなくなっていた。手のひら、足の裏までも皮膚は荒れ果てている。色の濃さも増している。全身が内出血状態なのだ。

願いとは裏腹に、悪いほう、悪いほうへと向かっている。朝起きるのが、怖くなっていた。優の身体に更に変化があったのは、それから二日後だった。朝、顔を合わせた途端、思わず小さな悲鳴を上げてしまった。

顔全体の筋肉が、明らかに垂れているのだ。

瞼、頬、口元が垂れ、優ではなくなっている。

まるで、老化が始まっているようだった。そんな優を見て、泰史は声をかけることができなかった。無理して近寄っている自分に、気がついていた。しかし、それでも冬美の態度は変わらなかった。ここまで変わり果ててしまった優に、いつもどおりに話しかけている。完全に、自分の世界に入り込んでしまっている。

どうして優の身体には不可解なことばかりが続くのだ。皺といい、筋肉の垂下といい、出会った頃の優はどこへ行ったのだ。

このまま病状が進んだらどうなるのか。そう考えると、恐ろしかった……。


優の身体はそれからも日に日に変化していった。皮膚の老化は更に進み、身体も細くなっていっている。その上、動きまで鈍くなりだした。一歩一歩に時間がかかり、歩き方を忘れてしまったのかと思うほど不自然なのだ。

泰史はもう、優と呼べなくなっていた。面影もない。話しかけることすら躊躇っていた。臆《おく》している自分に気づいていた。

背丈や声は子供なのに、姿は違う。老人と言ってもいいくらい、衰えてしまっている。

正直、もう辛抱の限界にきていた。奇妙な現象について考えなくなっていた。どうやったら治るかなど、一切……。

今、頭にあるのは、もっと別のこと。

泰史の精神状態も不安定になっていた。

この子と過ごした幸せな日々の記憶は、あっさり消えようとしていた……。

十二月三日から四日に日付が変わる頃、泰史は布団に横たわったまま天井を眺めていた。隣では、冬美がぐっすりと眠っている。悩みなど全くないかのように。

近頃、寝ていなかった。身体も精神もボロボロだ。仕事にも集中できず、ミスが続いている。このままだと、自分が壊れる……。

こんなはずではなかった。三人が笑って生活することを望んでいたのに……。

全ては、『あの子』の不可解な病のせいだ。何も起こらなければ今頃……。

泰史は、初めてあの子の写真を見た日を思い返した。

あの時、もちろん自分は現実を受け止めていたはずだった。いくら優に似ていても、この子は全くの他人なのだと。それくらいは認識していたつもりだった。しかし、自分も冬美と一緒だった。幸せな夢を見ていたのだ。

あの子の変わり果てた姿を見た途端、夢から覚めた。

病についてなど、もう考えたくもない。頭がおかしくなりそうだ。

寝返りを打ち、ため息をついたその時だった。気のせいか、ほんの微かに、

「うーうー」

という声が聞こえた。

泰史は思わず立ち上がり寝室を出た。やはりそうだ。キッチンのほうから唸るような声が

聞こえてくる。暗闇の中、緊張しながら静かに進んでいく。床がミシミシ鳴る音が心臓に響く。

キッチンにあの子がいる。そう確信し、顔をそっと覗かせた。その途端、泰史はヒッと息を呑んだ。開けられた冷蔵庫の明かりに照らされている後ろ姿のあの子が、包丁を持っているのが見えたからだ。泰史は、汗が滲んだ手を握りしめ、身体を引っ込めた。心臓の鼓動が、耳に伝わってくる。呼吸をするのも忘れていた。息苦しくなり、ゆっくりと吐き出す。

あそこで何をしている？　まさか私たちを殺そうと？　恨んでいるのか？　こんな姿にされたと。まさか……。

もう一度、その姿を確認する勇気がなかった。相手はたかが子供だ。力で負けることはない。そうと分かってはいても躊躇う。

このまま寝室に戻るべきなのか。その後、もし襲ってきたらどうする。

泰史は勇気を振り絞り、台所に入った。その時は、優の手に包丁はなかった。ひとまず安《あん》堵《ど》する。興味半分で持っただけだろうか。

「何をしてるんだ」

泰史の気配に気づいたのか、優はこちらを振り向いた。老いさらばえた顔が、視界いっぱいに広がる。

その時だ。優の両目が、ビクッと大きく見開かれた。

「あーあーあー」

思わず泰史は後ずさった。しかし、待ってくれというように優が腕を掴んできた。

子供とは思えないほどの力。振りほどこうとしても離れない。血管が締めつけられていく。

「分かった。分かったから……」

優しく接すると、ようやく手をほどいた。

「さ、さあ寝ようか。部屋まで行こう」

「あーうーあー」

泰史は優を抱っこして部屋に連れていく。下から視線を感じるが、決して顔を見はしなかった。

部屋に入り、ベッドに寝かせた。

「おやすみ」

そして逃げるようにして、二階から一階に下りた。

全身汗でビッショリだ。

呼吸が荒くなっていた。泰史は台所の電気をつけ、大きく息をつく。

それと同時に、痛みが走った。見ると、腕にくっきりと小さな手の痕がついていた。

「何だよ……これは」

今まで抱いていた思いを口に出さずにはいられなかった。

「普通じゃない……」

そして、決断していた。

今ならまだ間に合う。あの子をP．I．に返そう。夢から覚めた時の、冬美のためにも。

いや違う。自分はあの子を恐れている。もう、一緒に生活したくないと思っている。

捨てたと言われても構わない。

あの子供が、怖いのだ……。

4

鳥の鳴き声で、泰史はふと現実に引き戻された。気がつけば、真っ暗だった空が明るみ始めている。

眠れるわけがなかった。泰史は寝室には戻らず、あれからずっとリビングのテーブルの前に座っていた。

包丁を持った後ろ姿。突然見開かれた目。そして……。

泰史は、パジャマの袖をめくり、腕についた小さな手の痕を指でなぞる。まだ、少し痛みが残っている。

暗闇での一瞬の出来事。思い出すだけでゾッとした。摑まれた瞬間、殺意を感じた。

あの子は、何もかもが異常だ。

明らかに普通ではない、とそればかりを繰り返していた。

　考えは変わらない。数時間後に、あの子を連れてP．I．に向かう。微かな迷いもなかった。

泰史は、時が来るのを静かに待っていた……。

七時半になると、寝室の扉が開く音がした。泰史の身体がピクリと反応する。

眠い目をこすりながら、冬美が台所にやってきた。

「あら、ここにいたの」

「ああ」

冬美の顔を見ないようにして答える。

「隣を見てもいないから、どこに行ったのかと思ったわ」

「そうか」

「休みなんだからもう少し寝てればいいのに」

「そんな気分じゃない」

「え？　何か言った？」

「別に」

「もう少ししたら、朝ご飯作るから」

「ああ」

彼女にはまだ話さないほうがいい。もうじき子供と別れるなんて、考えてもいないだろう。いつもどおりの朝を迎えている冬美を見ていると、可哀想に思えてきた。しかし、彼女のためでもある。心を鬼にしなければならないのだ。

寝室に戻り、服に着替えている時、優の閉ざされた仏壇が目に入った。そうだ。あれ以来一度も扉を開けてなかった。寂しい思いをさせてしまった……。

泰史は仏壇の前に座り、ゆっくりと扉を開いた。

話しかけようと写真を見た泰史は、ハッと身体を引いた。

老いさらばえた優が、こちらをしっかりと見据えていた。しかし改めて見ると、昔ながらの優が静かに笑っていた。幻覚であると気づき、全身から力が抜ける。

あの子の姿を見るとは……。

悩まされ続けてきた証拠である。だが、もう少しで解放される。

泰史は、優に向かって手を合わせた。そして心から詫《わ》びた。

あの時、決して優を忘れはしないと誓った。しかしほんの一時ではあるが、頭から存在が消えていた。あの子だけを見ている時があった。

きっと天罰が下ったんだ。だからこんなことに。

ただただ後悔している。

「許してくれ、優。パパが悪かったんだ」

それから三十分近く、泰史は仏壇の前に座っていた。

改めて思う。あの子は優ではなかった。まして、優の代わりでも……。

キッチンから冬美の声がした。

「あなた。朝ご飯できたわよ」

泰史は覚悟を決め、立ち上がった。当然、扉を閉めはしなかった……。

キッチンに入り、泰史は足を止めた。テーブルの前に、子供が座っている。垂れた瞼や頬、皺だらけの口元に荒れた肌。とても直視できなかった。子供の視線を感じても、一切話しかけられなかった。隣に座ると、

「ううう一あ一」

と声をかけてきた。身体が硬直する。キッチンに立つ冬美に言った。

「いただきます」

泰史は子供の存在を無視して、急いで朝食を食べた。

「ねえ。今日、三人でどこかに行きましょうか？」

泰史は、茶碗を置いて平静を装った。

「いや、今日はいいんじゃないか」

「じゃあ、優とお買い物にでも行こうかしら」

気まずい空気に耐えられなくなり、泰史は、まだ食べ終えていない子供の手を取り、強引に二階へ向かった。後ろを向いていた冬美は、まだ気がついていないようだった。

部屋に入っても、明かりはつけなかった。泰史は、子供がここへ来た時に着ていた服を急いで探し始めた。

犬のキャラクターがプリントされた白いトレーナーに、黒い長ズボン。

クローゼットの隅に入っているそれらを見つけた泰史は、目線を下に向けたまま、急いで着替えさせた。赤黒く染まった肌。そして潤いのないかさかさの皮膚。悪化がやむ気配はなく、火傷《やけど》の痕のような状態に変化してきている。哀れむ気持ちよりも、気味悪いという思いのほうが強かった。

子供が脱いだパジャマをベッドに置き、洋服掛けにのっている帽子を手に取る。

耳に電子銃の音が鳴り響いた。子供が引き金を引いたのだ。泰史は冷たい目で見下ろし、それを奪い取った。そして、帽子を深く被らせた。

今すぐにP．I．へ行く。この子に対する未練などない。過去を振り返ることもしない。全て忘れるんだ。

「さあ行こう」

引きずるようにして階段を下りていく。その音を聞きつけ、冬美が玄関にやってきた。泰史は冬美を見向きもせず、子供に靴を履かせる。

「どこに行くの？」

先ほどの話とは違うではないかというように、冬美は慌てている。

「ちょっとね」

「ちょっとって……どういうこと？　どこに行くのよ。私も行くわ。支度するから待ってて」

泰史は冬美と目を合わせないようにした。靴を履き終え、扉を開く。

「君は待っていてくれ。すぐに帰ってくる」

「ちょっと！」

もう後には引けない。泰史は足を止めなかった。車に乗り込んだところで、冬美が裸足のまま飛び出してきた。エンジンをかけた泰史は、アクセルを踏んだ。

後ろでバン、と強い音がした。冬美がトランクを叩いたのだ。

ブレーキは踏まなかった。彼女の叫び声が小さくなっていく。やがて、聞こえなくなった。冬美に申し訳ない、という気持ちは微塵《みじん》もなく、「やっと手放せる」という思いが強かった。一日も早く落ち着いた生活を取り戻したい。

泰史は運転しながら、子供の手を一瞥した。そう、本当はこの子に罪はない。自分が全て悪いのだ。優に似ているからと引き取ったのが、ことの始まりなのだから。

「ごめんな」

子供は、あーあー、と繰り返している。

状況を、把握してはいないのだろう。

前方の信号が、黄色から赤になろうとしている。しかし躊躇わなかった。泰史はアクセルを強く踏み込み、突っ切った……。

重苦しい沈黙に包まれている車内。渋滞に巻き込まれることなくスムーズに車は進んでいく。

泰史はウィンカーを出し、いつものパーキングに入れた。十時五分前だった。エンジンを切り、先に降りた泰史は、俯いている子供の手をとってドアを閉めた。

もうじき、この子と別れられる。

泰史は強引に子供を引いて歩く。周囲の目は気にしない。もう少しの辛抱だ。
P.I.の自動ドアの前に立ち、中に入る。
「いらっしゃいませ」

しかし、子供の顔を見た途端、明らかに受付嬢の表情が変わった。

「どうも」

「い、いらっしゃいませ」

怯《おび》えを必死に隠そうとしている。

「岡本さんいらっしゃいますか?」

「は、はい。少々お待ちください」

受付嬢は電話を取り、岡本を呼んでいる。全ての動作に落ち着きがない。

「すぐに参りますので、どうぞお掛けになってお待ちください」

泰史は、子供と一緒にソファに座った。受付嬢の向けてくる視線が痛いくらいだ。自分まておかしいと思われているようで苛立ちが募る。泰史が鋭く睨《にら》みつけると、即座に目をそらした。

間もなく、岡本がいつもの営業スマイルでやってきた。

「里谷様、お久しぶりでございます」

「……どうも」

隣に座っている子供が、スッと顔を上げた。その瞬間、岡本の態度が急変した。

「里谷……様？　これは、一体」

「こっちが訊きたいですよ。この子がなぜこんな姿になるのか」

静まり返る一階フロアで、岡本は言葉が出てこないようだった。

「今日は、この子を返しに来たんです」

岡本は返答に困っている。

「こ、ここではなんですので、二階のほうへどうぞ」

泰史は膝に手をついて立ち上がった。

「じゃあ、行こうか」

岡本が子供の肩を叩く。

腰がひけている状態だった。岡本が子供の背中に手を添えて歩く。泰史はその後ろをついていった。

岡本が、いつもとは違う部屋の扉を開け、子供を中に入れた。

「ここに座って待ってて」

と言う声が聞こえてきた。

「では、こちらへどうぞ」

　案内されたのは、隣の部屋。泰史は白いソファに腰掛けた。

「失礼します」

　向かいに座った岡本は、どう対応したらいいのか悩んでいる様子だ。

　何から話したらいいのか、お互い口を閉じたままだった。

「あの子、何か悪い病気でも抱えていたんですか？」

　泰史がそう尋ねると、岡本は首を振った。

「そんなことはなかったはずです。検査で異状のある子は、リストには加えないので」

「じゃあ、どうしてあんな姿になるんですか！」

　泰史は立ち上がっていた。呼吸を整え、

「すみません」

　と言って腰を下ろす。

　彼にしても答えられるわけがないのだろう。

「一ヵ月くらい前です、異変に気づいたのは。最初はただの肌荒れと思っていたんですが、日に日に悪化していって、あんな酷い姿に……。病院にも行ったんですが、原因が分からないと言われました」

「そ、そうだったんですか」

「もう無理です。私はあの子の面倒を見る自信がありません。お返しします」

長い、間が空いた。

「わ、分かりました。しかし、契約書に書いてあるとおり……」

泰史は岡本の言葉を遮って答えた。

「お金は結構です。残りのお金も時間をかけてお支払いします」

「申し訳ありません……」

泰史は、ここへ初めて来た日を振り返る。

「あの子に頼った私が悪いんです。こんなことになるなんて考えてもいなかった」

岡本は、黙ってしまった。

「心配なのは妻です」

「奥様が」

「あの子が帰ってこないと知ったら、どうなるのか……」

今度こそ時間が解決してくれる。そう信じるしかない。

時計の針の音が、はっきりと耳に伝わってくる。これ以上ここにいる意味はないと、泰史は腰を上げた。

「帰ります」

何か考え事でもしていたのか、岡本はハッと顔を上げる。

「では、下まで……」

廊下に出た泰史は、隣の部屋の前で足を止めた。だが、顔を見ようとは思わなかった。さよなら、と心の中で別れを告げ、エレベーターに乗ったのだった。

外に出たところで、岡本は深々と頭を下げた。

歩きだしながら、あの子を家に迎えた時のことを思い出していた。P．I．から離れたところで、振り返った。そして二階に目を向ける。

これでよかったのだ。返さなければならなかったのだ。

今だからこそ、強く思う。二度と子供はいらないと……。

一方、岡本は慌てて階段を上っていた。

どういうことだ。

あの子は耳に障害がある、としか聞いていないぞ。

なぜあんな姿に。不気味すぎて、恐ろしすぎて、嘔吐《おうと》してしまいそうだった。思い出すだけでゾッとする。

里谷の前では冷静さを保つのに必死だった。すんなりと帰ってくれて本当に助かった。

とにかく調査が必要だ。上層部に連絡を入れなければならない。早急にあの子を施設に送らなければ。

岡本は勢いよく扉を開けた。しかし、そこには誰もいなかった。

「あれ？」

隠れる場所など、どこにもない。部屋を間違えたか。いやそんなはずはない。

岡本は全ての部屋を確認に回った。が、やはり見当たらない。慌てて三階へ向かい、打ち合わせ室を確かめる。

結果は同じだった。

全身に冷たいものが走る。まさか、この建物から外に出たのでは！

岡本は一階に駆け下りたが、受付には誰もいなかった。

「こんな時に！」

子供は一階にもいない。どこへ行ったんだ。

ようやく、女性社員が戻ってきた。

「何してたんだ！」

彼女は普通に答えた。

「トイレですけど」

「あの子供を見なかったか」

女性社員は嫌そうな顔をした。

「さっきの気持ち悪い子ですか？」

「そうだ！」

「岡本さんが二階に連れていったじゃないですか」

「いないんだよ、どこにも！」

「え⁉」

岡本は外に飛び出し、左右を見渡したが、それらしき子はいない。

本当にここから抜け出したとしたら……。

「大変なことになった」

岡本は携帯を取り出し、急いで上層部に連絡を入れた。

5

車中、子供を『捨てた』という罪悪感よりも、冬美をどう説得しよう、とずっと考えていた。

しかし納得する言い訳などありえなかった。彼女は優が生きていると思い込んでいるのだから。更に精神状態がおかしくなってしまうのではないかと不安だった。

大通りを出て、住宅街を走る。次の角を左に曲がると、家に着いてしまう。泰史は速度を落とし、躊躇った。

正直、まだ帰りたくない気持ちだった。しかし、遅くなれば彼女は心配するし、時間をずらしても状況は同じだ。覚悟を決めるしかない。泰史は、左にウィンカーを出し、ハンドルを切った……。

ガレージに車を入れた泰史は、意を決してチャイムを押した。待ちわびていたのだろう。すぐに、扉が開かれた。

「お帰りなさい！」

「ただいま」

何事もなかったかのように、泰史は冬美の身体をよけて中に入る。

「あなた、優は？」

泰史は答えず、リビングに向かう。

「あなた！」

重い足音が後ろから迫ってくる。泰史は、平常心を保てと自分に言い聞かせ、ソファに座った。鬼のような形相をした冬美が、目の前に立ちはだかった。

「どうして優がいないの？　どこに行ってたの？」

現実を見ることのできない彼女には、ハッキリと言うしかなかった。

「あの子は、返してきた」

冬美は、眉間に皺を寄せる。

「返す？　何を言ってるの？」

泰史はあくまでも冷静に話す。

「あの子は優じゃない。あの会社からレンタルしてきた子なんだ。君も一緒に行っただろ」

「レンタルってどういうこと。あなた、どうしちゃったの」

「もうあの子の面倒は見きれない。君もあの姿を見ただろう。俺は、恐ろしいと感じてしまったんだ。悪いのは俺だ。すまない」

ここまで説明しても、冬美は分かろうとはしなかった。それどころか、ますますヒステリックに話し続けた。

「何を言ってるの？　優はどこ？　どこなの？　早くここに連れてきて！」

「また二人で暮らすんだ。幸せな家庭を作っていこう」

「ふざけないで！　優は？　優はどこなの？」

泰史は我慢しきれず、怒声をぶつけた。

「いい加減にしないか！」

そして立ち上がり、冬美の手をとり強引に寝室に連れていく。

「これを見ろ！」

泰史は、優の写真が飾ってある仏壇を示した。

「優は死んだんだ！　二年前に病気で死んでしまったんだ！　君も確かにその目で見たろ！　優はもうこの世にはいないんだよ！　あの子は優じゃない。ただ似ているだけだったんだ」

冬美は、写真の前で愕然《がくぜん》としている。

「いい加減、目を覚ましてくれよ。昔の君に戻ってくれ……」

泰史は、冬美の手を優しく握りしめた。すると彼女の瞳から、涙が溢れた。

「優……優」

と洩らし、その場に倒れ込んでしまった。泰史は、冬美の肩をそっと抱いた。

「夢を見ていただけなんだ。今日からまた、二人で生きていこう」

優と呟きながら、冬美は泣きじゃくる。そしてようやく立ち上がったかと思うと、階段を上って優の部屋に閉じこもってしまった。

か。

「冬美……」

現実を受け止めてくれただろうか。悲しんでいるということは、そう捉えていいのだろう
泰史は、リビングのソファにもたれかかった。疲労困憊《こんぱい》していた身体が、何だか楽になっていく。心が落ち着いていく。

これでいい。自分は間違っていない。冬美だって、きっと立ち直ることができる。

もう間違いは起こさない。迷うこともない。莫大《ばくだい》な借金を作ってしまったが、今度こそ、新たな日々をスタートさせるんだ。

そのつもりだった……。


子供がいなくなり、冬美の明るい声が消えた里谷家は以前の状態に戻った。一瞬でも幸せを感じてしまった分、急にロウソクの火を吹き消されたようだった。それでも泰史は安らぎを得ていた。あの子のことで悩まずに済む。二人でいたほうがどれだけ楽か。

しかしその日の夜、泰史はどうしても寝つくことができなかった。疲れているはずなのに、夜中の三時を回っても眠れない。

隣に冬美はいない。

あれからずっと、彼女は優の部屋から出てこない。夕飯も一人で食べた。自分でカップラーメンを作り、寂しくすすった。その後シャワーを浴びて、リビングで静かな時を過ごし、横になった。

三時間経っても、気が高ぶっているのか、ウトウトすらしない。無意識のうちに、あの子のことを考えていた。

天井に、あの子が映った。老いさらばえたような顔。瘦せ細った身体。

そういえば、一度も笑ったことがなかった。

微笑みかけても、全く。

もういいじゃないか、と何度自分に言い聞かせても駄目だった。

この先、あの子はどうなるのだろう。誰にもレンタルされないだろう。いやそれ以前に、リストにも加えられないのではないか。その場合どうなるのか。孤児院に送られるのだろうか。

自分には関係ない。そう思うのだが、記憶から完全に消去することは不可能だった。そんなことを考えているうちに、二時間、三時間が経ち、とうとう時計の針は六時半を回ってしまった。

目覚ましが鳴るまであと一時間。この感じでは眠れない。もう起きてしまおうか。

その時だ。泰史はスッと上半身を起こした。

気のせいだろうか？　今、何か声が聞こえなかったか？

心臓が、ドクンと強く波打った。

何だこの胸騒ぎは……。

泰史は息を止め、耳を澄ます。聞き違いだ。鳥の鳴き声しかしないではないか。

胸を撫で下ろした。その刹那《せつな》、聞き覚えのある声が聞こえてきた。

「あーあーあーあー」

まただ。呻いているような、泣いているような。

「嘘だ……」

何かの間違いだ。昨日の午前中に、あそこへ返してきたではないか。

突然、玄関の扉がドンドンと叩かれた。泰史は、ヒッと悲鳴を洩らす。額から、背中から、脂汗が滲むのが分かった。

ドン。ドンドン。叩く力は強くなっていく。

「あーあーばーばー」

いる。すぐそばにあの子が。

泰史は、足音を立てないようにそっと窓から外を覗いた。

「あ……ああ」
震えて言葉にならない。
玄関に、扉を叩く子供がいるのだ。
どうして……。
荒い吐息が、窓を曇らせる。
勘づかれたのか、子供はこちらを見た。
力のない、皺だらけの目。
視線が重なり、泰史は慌ててカーテンを閉めた。
なぜだ。なぜここにいる。
抜け出してきたのか。
しかも、ここまで歩いてやってきたのか……。
「そんな馬鹿な」
ここまで何十キロあると思ってるんだ。
音が、やんだ、と思った矢先、今度は寝室の窓が叩かれた。
ドンドンドンドンドンドン。
常識では考えられない。しかし現実に、そこにいる。あの子が。

「もうやめてくれ……」

泰史は目を閉じ、耳を塞いだ。初めからそうだったではないか。

やはり、『普通』の子供じゃないんだ……。

泰史はパジャマを脱ぎ捨て、急いで服を着替えた。そして寝室を飛び出し、車のキーを手にする。冬美が来ないうちに……。

しかし外の声に気づいたのか、冬美が階段を下りてきた。何かに取り憑《つ》かれたように、

「優が帰ってきた。帰ってきたわ」

と呟きながら玄関の扉を開けた。

「行くな！　冬美！」

止めたが、遅かった。冬美は優！　と言って子供を抱き上げ、泣き叫んだ。

「あーあー」

泰史は子供を睨みつけ、冬美から強引に奪い取った。

「何するのよ！」

「君は黙ってろ！　家の中にいるんだ！　この子は優じゃない！　おかしいんだよ！　危険なんだ！」

そう言い放ち、助手席に子供を乱暴に座らせた。

「あなた！」

しがみついてくる冬美を手で払う。冬美は地面に倒れた。

子供が車内で大声を出す。

「静かにしろ！」

泰史は運転席に飛び乗った。

「待って！　待ちなさいよ！」

起き上がった冬美が追いかけてきたが、すぐに振りきった。

子供が、こちらを見据えている。

ふと、靴が目に入った。先がボロボロに破け、靴下がのぞいている。

その時、全身を悪寒が襲った。

本当に歩いてきたというのか？　どうしてそんなことが……。

この子が死神のように見えた。どこまでもまとわりついてくるつもりなのか。

遠く、もっと遠くへ行かないと。

神奈川県佐伯市。自宅から四十キロほど離れた、かつて泰史の実家があった場所だ。

そのすぐ近くに、養護施設があるのを知っている。

いくらなんでも山に置いて帰るわけにはいかない。どちらにせよ養護施設に入れられるのならいいだろう。

泰史は車を飛ばした。早朝とあって道路は空いている。

今度こそ……。

空に、太陽が昇り始めた。

泰史は子供に一瞥もくれず、無我夢中で運転した。相変わらず意味不明な声を発していたが、必死で聞かないふりをした。

都会から田舎の風景に変わっていく。見慣れた景色だ。

一時間半後、二人を乗せた車は市内に入った。あと三キロほどで昔住んでいた場所に着く。が、懐かしんでいる場合ではない。

この悪魔のような子を置いて帰らなければ。

記憶をたどり、養護施設を目指す。確か県立高校のすぐ近くではなかったか。

田んぼに囲まれた細い道をひた走ると、三階建ての白い校舎が見えてきた。

もうすぐだ。

子供は、自分の指と指を絡ませている。この子なりに遊んでいるのか。再び『捨てられる』とも知らず。ひょっとして、予測している？　この際、どちらでもいい。

県立高校の手前を右に曲がり、直進する。

そうだ、この風景。間違いない。この先に、養護施設がある。

泰史の記憶は正しかった。更に五百メートルほど行ったところで、二階建ての茶色い建物に突き当たった。グラウンドもあるし、一見、学校のような造りだが、

『風の丘児童施設』

と書かれてある。大勢の子供たちが生活しているだろうし、ここなら問題ないだろう。

泰史は、敷地の前で車を停めた。

こちらを向いている子供に言い聞かせた。

「ここでさよならだ。今日からこの中で暮らすんだ。いいね？　頼むから私たちのことは忘れてくれ」

周りの人間には恐れられ、仮の父親にも嫌われ、無残な姿に変わってしまった子供を見つめていると哀れにも思えたが、決心が鈍ることはなかった。泰史はエンジンをかけたまま車から降り、助手席の扉を開けた。

「さあ降りるんだ」

その時だ。建物の中から一人の若い女性が現れた。竹箒《たけぼうき》を持っている。朝の掃除の時間なのだろう。

今しかないと思った。泰史は、遠くにいる女性に大声で頼んだ。

「この子をお願いします！」

面倒なことは避けたかった。

なすりつけるように、その言葉だけを残し、泰史は車に戻った。すがりつくように両手を伸ばし、声を上げながら子供が近寄ってきた。女性も、小走りでやってくるのが見える。

「許してくれ」

彼女に引き留められる前に、泰史はアクセルを踏んだ。

バックミラーに、子供の姿と女性が映る。泰史は、目をそらして前を向いた。逃げるように、スピードを上げる。

明らかにあの子は異常だ。それが今日分かった。

もしかしたら養護施設を抜け出して、またやってくるかもしれない。現実では考えられないが、実際に自宅までやってきたのだ。万が一という可能性もある。

そうだ、あの家から逃げよう。泰史はそう思った。あそこには優との思い出がたくさん詰まっているが、最早そんなことは言っていられない。

今のままでは安心できない。単なる時間稼ぎにしかならないかもしれないのだ。

悪夢に怯えて生活するのは、もうごめんだ。

まだあの子の声が、耳に残って離れない。追われているような気がして、仕方がなかった。

「逃げるんだ……」

泰史は、何度も何度もそう繰り返した……。

評価

I

二〇〇六年、一月十六日。月曜日。

年が明けると寒さは更に厳しくなり、一月だけで三回も雪が降るほど、連日寒波に見舞われていた。

これからもっと気温が下がるのかと思うと、憂鬱《ゆううつ》である。新しい革の手袋でも買おうか……。

そんなことを考えるほどの余裕ができた。泰史はテレビの電源を消し、ソファから腰を上げた。そして短い廊下を歩き、靴を履いて扉を開ける。隣人が、横を通り過ぎていった。

「じゃあ、行ってくるよ」

冬美からの返事はない。ここに来てからずっとこんな調子だ。

さあ仕事だと気持ちを切り替え、泰史は歩きだした。

あの日から四日後、里谷家は中野にある三階建てのマンションに引っ越した。一階の庭つきだ。

兄に全ての事情を話し、手伝ってもらったおかげで、迅速に動くことができた。最初は全く信じてもらえなかったが、冗談で引っ越すわけもなく、尋常でないと感じたのだろう。細かく説明していくうちに、ようやく分かってくれたのだ。

兄は一緒に不動産屋を回ってくれた。賃貸だが、即入居が可能だったことと、立地条件がよかったことが決め手となった。家賃は少々高いが、今は仕方がない。いずれまた、一戸建てを購入するつもりだ。前の家が売れればの話だが。

二つある部屋のうち、一つは優が使っていた物を全て置いてある。そのため、少し手狭に感じるが、二人暮らしだから、特別不自由はしていない。

あれから一ヵ月半。今は落ち着いた生活を取り戻している。子供に怯えることもなくなり、精神が安定した。幻聴も聞こえなくなった。あのいろいろな出来事が、遠い昔のように感じられる。本当に夢だったのではないかと思うほどだ。それくらい、何もかもが現実離れしていた。

逆に冬美は、優が死んだ時の状態に戻ってしまった。

彼女は前の家を出てここに越してくるのを、異常なほど嫌がった。それでも強引に連れてきたのだ。

正直、冬美が今、何を考えているかは分からない。この間までの子は優ではなく、本物の優は死んでしまったのだと理解してくれたのだろうか。彼女には、あいかわらず気力はないし、話しかけても会話は続かない。心の中を知りたいのだが、その扉を開いてはくれない。

家の中は暗くどんよりとしていて、決して幸せではないが、それでもあの子がいた時よりはマシだ。二人なら、またやり直せるのだから……。

あれから一ヵ月半。

もし、まだあの子の面倒を見ていたらどうなっていただろう。

あれから時折、考えてしまう。

今頃どうしているだろうか。

養護施設の前に『捨てた』記憶が脳裏をかすめた。

関係ない。泰史は、その映像を瞬時に搔き消した……。

午前十時。相田伸は、山梨第一施設の待合室に呼び出されていた。部屋の中には、自分と同じ役割の従業員が他に四人座っている。誰一人、口を開くことはなく、妙に気まずい雰囲気につつまれていた。皆、自分のように今ふうの感じなら話しやすいのだが、誰もが真面目《まじめ》そうでオタクっぽいツラをしている。早くここから解放してくれ。息苦しくて仕方ない。

それにしても、どうして今日はこんなにまとめて呼び出されたのだろう。何か特別なことでもあるのだろうか。沈黙に耐えきれず、相田はタバコに火をつけ、天井に向け煙を吐いた。

数分後、待合室の扉が開いた。現れたのはいつものメガネ男。今日も真っ白い白衣を羽織っている。目の前の四人が素早く立ち上がる。相田は一瞬遅れた。

白衣の男は、

「座ったままで結構」

と軽く手を上げた。全員が座るのも待たずに、男は早速、本題に入った。

「今日ここへ集まってもらったのは、ほかでもない。君たちにはこれから本社へ行き、現在レンタルしている客のリストを調べ、子供たちの回収を行ってもらいたい。契約期間を満たしていない客には、契約料を全額返金し、納得してもらうんだ。ただし購入者には手をつけられない。あくまでレンタルされている子供を回収するんだ」

「なぜ急に？」

相田が質問すると、男は簡単にこう答えた。

「ところどころで死亡が確認されている。突然死だ。私たちにとってもこれは予想外だ」

「そういうことですか」

相田は他人事《ひとごと》のように言った。

「それと」

男は一枚の写真を見せてきた。

「この子なんだが」

おかっぱ頭の男の子。無愛想な顔をしている。相田は、またそれか、とため息をついた。

「まだこの九十二番が見つかっていない」

写真の子供が行方不明になってから、もうかなり経つのではないか。本社から抜け出したそうなのだが、それだけではない。

社員の話では、もうこの写真の面影はなく、まるで老人のような顔になってしまっているそうだ。

突然死といい、失踪といい、本当に大丈夫なのか、ここは。

給料が他よりいいのだ。潰れてもらっては困る。

「会社の信用にも関わる。早急に捜し出してくれ」

「はい」

相田を除く四人の返事が綺麗に重なった……。

2

「里谷さん？　里谷さん？　おーい」

突然肩を揺すられ、泰史は我に返った。気がつくとすぐそばに赤川早紀が立っていた。

「どうしたんですか？　さっきからボーッとしちゃって」

「え？　いや……で、何？」

早紀は時計を指差した。

「何じゃないですよ。もうそろそろ行かないと遅れるんじゃないですか？　吉田さんに納車でしょ」

そう聞いた途端、泰史は口を大きく開け、飛び上がるようにして立ち上がった。

気にしていたはずなのに、うっかりしていた。十一時に、担当している客の家に新車を届けなければならなかったのだ。

「そうだった！　ありがとう」

泰史は車のキーを取り、急いで一階の駐車場に向かった。

何台も停まっている車の中で、一際輝いている真っ赤なスポーツカー。今年の新作である。オプションでライトにはHIDを使用しており、ホイールも特注品だ。ツーシータだが、人気のある車だ。

現在、時計の針は十時十五分。道路状況によっては遅れる可能性もある。しかし、これは客の車だ。飛ばすわけにもいかない。

泰史は、身体がすっぽりとはまるシートに座り、キーを差し込む。エンジンをかけた瞬間、マフラーの音が心臓にまで響いた。泰史はもう一度時計を確認し、ギアをニュートラルから一速にチェンジし、ゆっくりと車を走らせた……。


片側三車線の国道から閑静な高級住宅街に入ると、ナビゲーションから案内が告げられた。

『一キロ先、目的地周辺です』

それを聞いた泰史はホッと安心した。

時刻は十時五十三分。遅れることはないが、ギリギリだ。途中、渋滞に巻き込まれて冷や冷やしたが、その先はスムーズに進んでくれた。おかげで信用を失わずに済みそうだ。

茶色いレンガが積み上げられたような造りをした三階建ての一戸建ての前に、泰史は車を停めた。そして、表札のすぐ脇《わき》に設置されているインターホンを押す。

「こんにちは、里谷です。新車をお届けに参りました」

「ちょっと待っててくださいね。すぐ行きますから」

待ちわびていたかのような、客の喜びの声が聞こえてくる。間もなく、扉が開かれた。

「どうも。楽しみにしてましたよ」

そう言いながら吉田恒久が階段を下りてきた。彼はまだ三十五歳。今話題のＩＴ企業の社長だそうだ。さすが成功者である。顔が生き生きとしている。目に輝きがあり、存在にオーラを感じる。普段のこの様子を見ると企業の社長とは思えないが、仕事の時は表情をキリッと変えるのだろう。

この時間に自宅にいるということは、仕事は休みだろうか。月曜日から会社に行かなくていいなんて羨《うらや》ましい。

「早速エンジンかけていいですか？」

「はい、どうぞ」

泰史はキーを手渡した。吉田は、子供に返ったようにウキウキとしている。

感触を確かめるよう、ゆっくりとシートに座った吉田は、キーをクルリと回転させた。その瞬間、歓声を上げた。とても満足そうだ。

それからしばらく、吉田は車から降りてこなかった。泰史は中の様子を見守るしかなかった。


ようやく、車のドアが開く。彼は満面の笑みを浮かべながら、

「最高ですね」

と親指を立てた。

「ありがとうございます」

「ここに置いといたら邪魔になるので、先にガレージに入れちゃいますね」

吉田は再び車に乗り込み、バックでガレージに入れた。特に危なげなかったが、新車なので緊張して見守った。

エンジンを切り、吉田がやってくる。まだまだ物足りないといった様子だ。早く走りたいだろう。泰史は、点検の時期などの簡単な説明をした。

「分かりました。ではその頃に」

「お願いします」

ひととおりの説明が終わると、

「里谷さん、ちょっと中でコーヒーでも飲んでいってくださいよ」

と誘われた。

「いや、でも」

遠慮すると、腕を引っ張られた。

「いいからいいから。疲れたでしょう。三十分くらい大丈夫でしょ」

吉田はかなり上機嫌だった。

「じゃあ、お言葉に甘えて」

「どうぞどうぞ」

泰史は、玄関までの階段を上っていった……。

3

吉田の家ですっかり長居してしまった。気づくと一時間が経過しており、泰史は慌てて暇《いとま》を告げた。そして、最寄り駅で電車に乗ったのだった。

朝の通勤ラッシュが馬鹿馬鹿しく思えるほど昼間の車内は空いており、ゆったりと座ることができた。

窓の景色を眺めながら午後の予定を考える。

会社に戻る途中、コンビニに寄って簡単な昼食を買い、食べ終えたら書類の整理をして、顧客の故障車を取りに行く。それで今日の仕事は終わりだ。

車掌のアナウンスで泰史は扉のそばに立った。電車はゆっくりとホームに滑り込んだ。改札を抜けて、会社までの、いつもの道を進む。昼食に出かけるＯＬが目につき、コンビニで済まそうとしている自分が何だか情けなくなった。

赤になりかけていた細い横断歩道を渡り、更にまっすぐ歩いていく。

「うん？」

泰史は一旦足を止めた。

前方に目を凝らしたのは、どよめきが聞こえたからだ。五十メートルほど先にある広い横断歩道に、多くの人が集まって何かを取り囲み、輪になっている。

何事だ？　と泰史は歩調を速め確かめに行った。

泰史は横断歩道を渡らずに、その人々を見守った。その大きな輪は、ゆっくり、ゆっくりこちらへやってくる。彼らの目は、輪の中心に向けられている。まるで、珍しいものでも見るかのように……。

「何なんだ？」

泰史は首をかしげ、横断歩道を渡ろうとしたところで、青信号が点滅しだした。それに合わせて、人々が小走りになる。徐々に、輪は乱れていった。そして赤になると、蜂の巣をついたように一斉にばらけた。

「あー」

泰史の手から、鞄がスルリと落ちた。

幻聴ではない。あの『声』が、耳や脳に響いてきた。

そして、まるで機械のような、ぎこちない動きで歩くあの悪魔のような『子供』が、泰史の目に飛び込んできたのだ。

その瞬間、泰史は震え声を洩らしながら後ずさった。子供はまだこちらに気づいてはいない。しかし、走りだせない。身体が言うことを聞いてくれないのだ。

とうとう足がもつれ、尻餅《しりもち》をついてしまった。ざわめきは大きくなっていく。

子供は俯きながら少しずつ、少しずつこちらに近づいてくる。

立ち上がることができず、そのまま後ずさったが、力が入らず、全身を支えている両肘《ひじ》がガクリと折れた。

来るな……。

額から流れる汗が目に入り、子供の姿がぼやける。

来るな！

視界を取り戻した時にはもう、子供は目の前に立っていた。

動きが、止まる。

逃げろ。しかし身体が全く反応してくれない。

どうすることも、できなかった。ただ、子供を見据えることだけしか。

気配を感じ取ったのか。子供は、ゆらりと顔を上げた。

それを見て、泰史はかすれた悲鳴を上げた。

何ということだ。顔全体の肉が削《そ》げ落ちており、骨が浮かび上がっている。ただついているだけの皮は、だらんと垂れ下がってしまっている。目の辺りの皺も増え、眼球が見えないほど、萎《しぼ》んだような状態になっている。

首も随分細くなってしまっていて、肌の色も顔より遥かに酷い。黒に、微かな赤を混ぜたような。手も足も棒のようではないか。

この子を『捨てた』記憶が、頭を駆け巡った。

自分は呪《のろ》われている。恨まれているんだ。

殺される。泰史はそう思った。

逃げるんだ！　立ち上がろうとしたその時だった。

いつかと同じように、子供の両目が突然カッと見開かれた。そして、

「あーあー」

と言いながら両手を伸ばし、服を摑んできたのだ。

泰史は咄嗟に叫んだ。

「離せ！」

すっかり白くなってしまっている髪を摑み、押し倒す。地面に叩きつけられた子供は、必死で起き上がろうとしている。

泰史は体勢を立て直し、鞄を胸に抱えると、大勢の人が見ている中を全速力で逃げた。振り返りはしない。息が切れても、がむしゃらに走った。追いかけられているような気がしてならなかった。知らず知らずのうちに、助けてくれ、殺される、と何度も洩らしていた……。

どれくらい走ったか。一キロ以上は離れただろう。裏道に入り、もう大丈夫だろうと足を止めた泰史はその場にへたり込んだ。

呼吸を荒らげながら、嗄れた喉に唾液を流し込む。しかし上手く通らず、激しく咳《せ》き込んだ。

徐々に苦しみが治まると、あの顔と姿が浮かび上がってきた。

どうしてだ。どうしてあそこに……。

確かに置いてきたではないか。それなのになぜ。

その時、泰史は肝心なことを思い出した。細かくは憶えていないが、確か、服装があの日とは違うものだった。ということはやはり、養護施設から抜け出してきたのか。自分を追うために、また歩いて？

ありえない。何もかも。

またやってくるかもしれない。地の果てまで追いかけてくるつもりなんだ……。

俺は、どうすればいいんだ。

泰史は、手に妙な感覚が残っていることに気づいた。

ゆっくり右手を開くと、そこには大量の髪の毛があった。


一方その頃、山梨第一施設から東京・世田谷にやってきた中川悦司は、異変に気づいて車を急停車させた。騒ぎが起きているようだ。

初めは興味本位だったが、しばらく様子を見守っていた中川に衝撃が走った。

人だかりの中心に倒れているあの子供はまさか……。

中川は一枚の写真を手に取り、車から降りた。そして、横断歩道へと駆け寄る。

間違いないと思う。九十二番だ。

電池の切れかけたロボットのような不自然な歩き方で、ゆっくりゆっくり一歩ずつ踏みしめるようにしている。

それにしてもあの姿は何だ？　本社の人間が言っていたとおり、酷い有様だ。想像していた以上に醜い。

まるで妖怪じゃないか。恐ろしいというよりも気味が悪い。

中川は遠くから写真と子供を見比べた。全く面影はない。が、あの子供だろう。

ようやく見つけた。一体今までどこにいたというのだ。

しかし、最初の一歩が躊躇われた。あのお化けみたいな子供を連れて帰らなければならないと思うと勇気がいる。

いや、手柄のためだ。ここで我慢すれば恩賞が出るはずだ。会社はあの子供を見つけようと必死なのだから。

決心が鈍らないうちに中川は迅速に動いた。大勢の人間の前で九十二番の手を握り、顔を見ないようにして車まで引っ張っていく。周りのざわめきをあえて無視する。

「あうあうあー」

歩く速度が合わず九十二番は足を引きずっているが、中川は構わず人混みを駆け抜けた。

路上駐車している車の後部座席のドアを開け、

「乗って」

と叫んで、九十二番を乱暴に押し込む。野次馬たちの視線を強く感じたが、一瞥もせず運転席に腰掛けた。そして、その場から逃げるようにしてアクセルを踏み込む。ウィンカーを出し真ん中の車線に入ると、更にスピードを上げていく。バックミラーでチラリと九十二番を確認する。顔を見るたびに吐き気がする。背筋がゾッと凍るのだ。

先ほどからずっと意味不明な声を出している。気味悪さを打ち消すために、中川はラジオをつけた。そして運転に集中して初めて、ハザードがつきっぱなしになっていることに気づいた。

しかし、その時だ。再びバックミラーを確認した途端、鏡一杯に醜い顔が広がった。九十二番が後部座席から運転席に移動してきたのだ。

「な、何をする！」

裏返った声が車内に響く。九十二番は中川の太股《ふともも》に立って、

「あー」

と大きく口を開けた。

「どけ！」

視界を遮られた中川は急ブレーキをかけた。が、危険を避けることはできなかった。ハンドルを右に切ったことで、横の車に激突した。その時の衝撃で頭を強く打ち、中川の手はダラリと垂れ下がった。その直後、後ろからも強い衝撃を受けた。更にその後ろの車が続き、玉突き事故へと発展してしまい、国道はパニックに陥った。

クラクションが鳴り響く中、中川の運転する車のドアが静かに開いた。運転席から出てき

た子供は、

「あーあー」

と声を発しながら反対車線に足を踏み入れた……。

4

タクシーを降りた泰史は、足をふらつかせながら社内に戻った。頭がクラクラして重い。途中貧血を起こし、壁にもたれかかってしまった。

「おいおい、里谷。大丈夫か？」

たまたま近くにいた同僚に声をかけられた。が、泰史は手を上げ、

「何でもない」

と体勢を直した。オフィスに戻ると、赤川早紀が心配そうに駆け寄ってきた。

「里谷さん。具合悪いんですか？」

泰史は無理に微笑み首を振る。

「そんなことはない。ありがとう」

「でも……」

「大丈夫」

デスクの前に鞄を置くと、倒れるようにして座った。

先ほどの光景が頭にちらつく。消そうとしても、こびりついて離れない。まだ手のひらがじっとりと濡れている。髪の毛の感触が残っている。

パッと見開かれた目を思い出し、泰史はハッと瞼を閉じた。

「なぜなんだ……」

頭を抱え、大きく息を吐き出す。

ただ思い込んでいただけなのか。

助かったと。

まだ終わっていなかったというのか。

ずっと、この俺を捜していた？

泰史は、デスクを叩いた。

警察に通報しようか。

しかし、相手にしてくれるだろうか。動いてくれたとしても、警察は子供を捜して、P.I.に返すだけだろう。そしてP.I.は金にならないあの子を養護施設に預けるのではないか。

そうなったらまた同じこと。再び俺の元へやってくるのでは？

もはや考えすぎではない。

あの子は一体何なんだ。

常軌を逸している。おかしすぎるではないか。

そう、変なのだ。考えてみればあの会社もおかしい。

子供をレンタルしたり売りつけたり、異常なのだ。

もう関わりたくない。頭では分かっているのに、泰史はパソコンを立ち上げていた。

何の意味もないことだ。しかし……。

正規の画面に移り変わったところで、泰史はネットのページを開いた。キーボードで、

『プレジャー・インビテーション』

と打つ。すると、五百件以上がヒットした。

最初に表示された会社のホームページをクリックした。

パッと画面が切り替わる。

家族が楽しそうに歩いている写真だ。左上には、会社概要や本社の現在地、規約、システム、そして料金説明などの欄がある。子供たちのリストは、ない。

泰史は、初めて会社を訪れた日を思い出した。パソコンに載っている多くの子供たち……。

「そうだ」

泰史は、重大なことに気がついた。

自分たちが購入する前に、あの子供をレンタルした人間もいるのではないか？

もしそうだとしたら、どうしてあの子は私たちだけに執着するのだ。それとも初めてのレンタルだったのか。

どちらにせよ、調べられるはずがない。

あそことはもう二度と関わりたくないのだ。

これ以上、首を突っ込むのはよそうと、泰史は前のページに戻した。そして、右上にある×印にカーソルを合わせたその時、気になるものを発見した。会社のページの二つ下に、レンタル・チルドレンのスレッドが立っていたのだ。なにやらいろいろ書き込まれているようだ。泰史は軽い気持ちでクリックした。

『レンタル・チルドレンの裏話』

という題名で、そのすぐ下にはシステムや料金設定などが細かく書かれてある。

これについてどう思うか？　ということだろうか。

泰史は、書き込みを読んでいく。

日付は去年の二月十日。約一年前のものだ。

〈何それ？　すごい商法が始まったもんだね〉

知らない人が見たら率直にそう思うだろう。自分もそうだった。

〈何か怪しいよね。一千万は詐欺でしょ〉

〈だったらレンタルだけにしておけば？〉

〈そういう問題じゃないだろ〉

しばらくは、ふざけ半分のやりとりが続く。

三月二十一日、ヤガミの書き込み。

〈今日、女友達と夫婦を装ってＰ・Ｉ・に行ってみました。すると一人の男が出てきて個室に通されて、何十人もの子供の顔が映っているリストを見せられたよ。ちょっと怖くなったから、考えてみますとごまかして帰ってきちゃった。でもマジでレンタルはしてるみたいだね〉

〈調査ご苦労さまでした〉

〈ヤガミさん、カッコいいっす〉

まともな会話はないのかと、泰史は読み飛ばしていく。

〈てゆうか、実際レンタルした人いねえの？〉

〈子供たちには給料支払ってるのかな〉

〈レンタルするくらいだったら子供作ればいいよな〉

〈二週間で五十万って高いだろ〉

〈僕を買ってくださーい〉

何も知らずに書き込んでいる奴らがだんだん馬鹿に思えてきた。

こんな程度か……。

そう呟いた泰史は、五月四日、ミカミの書いた文に目を留めた。

〈今日、P.I.で男の子をレンタルしました。すごく賢くて、明るくて、いい子です。二週間経って気に入ったら、購入しようと考えています。みなさん、悪いことばかり書き込んでいますが、そんなことはありませんよ〉

この人も何か事情があって、P.I.に行ったのだろう。

自分はあの時、それが過ちの始まりだとは気づかなかった……。

実際に購入したのだろうか。続きを読んでいく。しかし、茶化した意見ばかりが続いた。

〈じゃあ名前はレンタル君で〉

〈どうせP.I.の社員じゃねえの?〉

〈その子供の写真ヨロ〉

ミカミの言っていることが嘘か本当かは分からないが、ふざけたレスのせいか、ミカミという名前は二度と出てこなかった。それからも、無意味なやりとりが長々と続いた。あと五分の一ほどだったので、一応全部見ようと、カーソルを下げていった。

その直後、泰史は衝撃的な書き込みを目にすることとなった。

九月十日、クマモトによるものである。

〈私の弟は、八月三十日に神奈川で起きたバスの転落事故の被害者です〉

バス転落事故？　憶えている。崖からバスが転落し、乗員乗客、全四十名が死亡したという大事故だ。当時、新聞やニュースでかなり長く取り上げられていた。

それと何の関係が？

〈実はそのバスに、私の弟とレンタルした子供が乗っていました〉

「え？」

泰史は思わず声を上げてしまった。瞬きも忘れてその先を読む。

〈しかし、その子供の遺体だけが未だに発見されていません〉

泰史は身体を前に乗り出した。マウスを握っている手に脂汗が滲む。

「どういうことだ？」

〈確かに乗っていたはずなんです。ピクニックに出かけると、楽しそうにしていた弟の遺体は発見されたのですから。警察に問い合わせましたが、子供の遺体は発見されていないと言われました。観光用ではなく、普通バスだったため乗客リストがないので、乗っていた証拠がないんです。でも絶対に間違いないんです。P．I．には、遺体が発見されるまで待ちましょうと言われたきり、何の連絡もありません〉

あの子といい、このクマモトの話といい、どうなっているんだ？　どうしてP．I．の子供は……。

クマモトの書き込みに対しては案の定、うそ臭いとか涙ものだとか、否定的な意見しか書かれてはいなかった。二ヵ月後にはガラリと話題が変わってしまっている。

そしてスレッド自体、去年の十二月十五日で終わっている。

一度書き込んで以来、クマモトは現れてはいない。誰も信用してくれないからだろう。

しかし泰史にとってこの話は、他人事では済まされなかった。

恐らくこれは事実だろう。遺体は発見されなかった。バスには、本当は四十一人乗っていた……。

どうにか話を聞きたいと思った。が、コンタクトを取ることができるだろうか？

泰史は、キーボードに両手を置いた。

サトヤと名乗り、泰史はこう書いた。

〈クマモトさん、もしよかったら話を聞かせてもらえませんか？　私も、あなたのようにP．

I.の子供に悩まされています。似たような体験をしているんです〉
これでいいだろうか。泰史はクリックし、書き込みを載せた。

しかし既に四ヵ月以上が経っている。返信の可能性は低いだろう。それでも泰史は信じて待った。

すると四日後、クマモトから返信があった……。

5

一月二十一日。土曜日。

この日は朝から冷たい雨がシトシト降っていた。黙って家を出た泰史は、電車を乗り継いで川崎駅で下車し、指定された喫茶店の扉を開けた。

「いらっしゃいませ」

長髪で、白い髭を生やしたマスターの声が店内に広がった。泰史は傘をたたんで奥に進んだ。

『会って話をしませんか?』

そう提案したのは泰史のほうだった。

最初は怪しんでいたようだが、こちらの気持ちが伝わったのだろう。クマモトは待ち合わせの日時と場所を指定してきた。

店内には客が二人。どちらも中年女性だ。泰史は迷わず一番奥の席に歩み寄った。

そう約束したからだ。

白いタートルネックを着たポニーテールの女性が顔を上げた。

「クマモトさん……ですよね？」

確認すると、

「はい」

という小さな声が返ってきた。泰史はひとまず安心する。

「初めまして。里谷泰史です」

「どうも。熊本恵理子です」

泰史は、熊本の向かいに腰掛けた。奥から、マスターがやってくる。

「ご注文は？」

「じゃあ、ホットコーヒー」

熊本は先にレモンティーを頼んでいた。泰史は、彼女をチラチラと確認する。

年は四十くらいか。目の辺りの皺とシミからすると、もう少しいっているかもしれない。

見かけから判断すると、控えめな感じだ。まだ会ったばかりのせいか、あまり視線を合わせようとはしない。

「突然すみません。会って話そうなんて言ったりして」

「いえ……」

「この近くに、住んでいらっしゃるんですか？」

「ええ。歩いて五分くらいのところに」

「そうですか」

どう切り出したらいいだろうと考えているうちに、マスターがコーヒーカップを持ってやってきた。

「どうぞ」

泰史は会釈し、砂糖をコーヒーに混ぜ一口飲んだ。

熊本は依然、無言のままだ。どこから話すべきか、彼女も迷っているのだろう。

意味のない会話は抜きにして、泰史は早速本題に入った。

「驚きました。ネットの書き込みを見て」

熊本は俯きながらこう訊いてきた。

「本当に、信じていただけるのでしょうか？」

泰史は、深く頷いた。

「もちろん」

熊本と一瞬、目が合った。

「弟さんがレンタルしたんですよね？」

「ええ。当時、弟は一人になったばかりで」

「一人に？」

「離婚したんです。子供とも離れ離れに」

「そうですか」

「寂しかったんでしょうね。そこでレンタル・チルドレンの噂を聞いて」

「そうだったんですか」

「子供には俊太と名前をつけました。前妻と暮らしている子供と同じ名前です」

みんな考えることは同じらしい。

「レンタルして二日後です。弟が子供とピクニックに出かけたのは。そこで事故に……」

泰史は何も言えなかった。

「あとはネットに書いたとおりです。あの子は一体どうしてしまったのか……遺体が発見されないなんておかしいんです」

そこで泰史は、自分の話を一から全て聞かせた。捨てたことや、追われていることも。だが、熊本は疑いはしなかった。熱心に聞いてくれた。

「そんなこと、確かに普通じゃありえませんよね」

恐怖を感じている様子もなかった。

「自分勝手なことは分かっています。子供の面倒を見たいと思ったのは私なんですから。それなのに捨てるなんて行為は、大人として、親として失格です。でもそれ以上に、私はあの子が怖かった」

「私だって、あなたと同じ状況になったら、そうしたかもしれません……」

泰史がコーヒーカップを持つと、

「そもそも」

と熊本が口を開いた。

「あの会社自体変なんですよ。子供が事故に遭って死んだかもしれないのに、遺体が発見されるまで待とうだなんて。道具としてしか見ていないような」

「その後、P．I．から連絡は？」

「ありません」

まるで関わりたくないといったような態度ではないか。

やはりあそこには何かあるのか？

「どちらにせよ、私はもう忘れることにしました。弟は事故で死んだ。それだけです」

「……はい」

彼女はそれでいいだろう。弟の死と子供の失踪は関係がない。特別、真相を追う必要もない。だが自分は違う……。

これ以上話しても、何かが解決するわけではないだろう。

ただ、P．I．への不審が増しただけ……。

「でも」

泰史はふと顔を上げる。

「でも？」

「この写真を持っている限り、忘れられないんでしょうね」

彼女はバッグから一枚の写真を取り出した。

「弟が最後に撮ったものです」

熊本が差し出した写真に目を向ける。

その瞬間、あまりの驚きに言葉を失った。

熊本の弟の隣にいる子供。

この髪、顔、姿。

「そんな……馬鹿な」

転落事故を起こしたバスに乗っていたというのは、この子なのか。

前にレンタルした人間と関係する人物がここにいたのだ。

「どうしました？」

泰史は、震えを止めることができなかった。

リストで見た顔と一緒である。

力のない目。疲れ果てたような立ち姿。

「この子です……私がレンタルしたのは」

泰史は声を振り絞った。

熊本は過敏に反応する。

「まさか。どういうことです」

「……分かりません」

生き延びたというのか。全員が死んだ中、ただ一人。そんな過去があったなんて……。

でもどうしてレンタルリストに？
P.I.が保護したのか？　それとも一人で……。

岡本は、知っているはずなのに何も言わなかった。

謎は深まるばかりだが、これで確実となった。

P・I・は、何か重大なことを隠している。それに間違いはない。

調べる必要があるのではないか……。

熊本と別れた泰史は携帯を取り、急いで兄に連絡した。

「兄貴か！」

冷静になれるわけがなかった。

どうした？　と訊いてきた兄に、泰史はこう言った。

「大変なことが分かったんだ！」

そして、事情を説明したのだった……。

6

あの子供が熊本と関係していたなんて……。

どこまでもどこまでも付きまとってくる。

もしかしたら、あの子に引き寄せられたのかもしれない。熊本との出会いは、偶然ではなかった？　馬鹿な……。

兄から連絡があったのは、その日の夜だった。

「もしもし？」

深刻な声が返ってくる。

「今、電話大丈夫か？」

冬美は、ポツリと明かりのついたキッチンで洗いものをしている。

「ああ。平気。それで、どうしたの？」

兄は一つ間を置いて、話しだした。

「あれから気になってな、俺の知り合いに連絡を取ったんだ」

「知り合いって？」

「P．I．から子供をレンタルした夫婦だよ」

そういえばそうだった。兄はその知り合いから話を聞いたと言っていた。

「やっぱり、お前の考えは間違ってはいないようだ。不可解な出来事が起きていた」

「どういうこと？」

「その夫婦もお前たちみたいに子供を購入したんだけどな」

その先はもう、嫌な予感しかしなかった。

「二週間前、突然死んだらしい」

それは考えもしない言葉であった。

「死んだ？」

泰史は冬美の背中をちらっと見た。

「ああ。買い物をしている途中、急に倒れてそのまま」

「どうして？」

「医者にも原因が分からなかったそうだ」

謎の死。あの子を病院に連れていった時も、医者は原因を摑めなかった。

「変だよな」

「まだある。その知り合いだけじゃない。同じように突然死で子供を亡くした夫婦が、他に二組もいることが分かったらしいんだ」

それを聞いて泰史は眉をひそめた。

「二組も？　じゃあやっぱり」

「被害者全員、P．I．に不審を抱いている」

泰史はP．I．でのやりとりを最初から思い出そうとした。

あそこには一体、何があるというのだ。

「聞いてるか？　おい」

　泰史は現実に引き戻された。

「あ、ああ」

「それで、お前の話をしたんだ。今日あったことも全部な。そしたら、ぜひ話を聞きたいって」

「俺の？」

「ああ。お前だって、気になるだろ？」

「まあ、確かに」

「俺も呼ばれているんだが、明日なんてどうだ？」

　随分と急な話に戸惑う。

「休みだし、一応は大丈夫だけど」

「そうか。じゃあ明日の十一時に迎えに行く。それでいいな」

「あ、ああ。いいけど……」

　じゃあ明日、と言って兄は一方的に通話を切った。

　携帯をテーブルに置いた泰史は、ソファに深く腰掛けた。

「どうなってんだ」

また一つ、不思議なことが起きた。自分だけではなかった。他でも次々と問題が発生していた……。

突然死。

そしてあの子供。

「おかしすぎる」

どうにかP．I．の謎を探る方法は、ないのだろうか……。

翌日、泰史は兄の車に乗って目的地に向かった。聞くとどうやら、その夫婦が住んでいるマンションに行くらしい。被害者たちが集まるのだそうだ。

「東さん、ああ、これから会う夫婦だけど、彼とは仕事で知り合ったんだ。印刷会社で働いている」

泰史は相槌《あいづち》を打つ。

「前にも言ったが、お子さんを失ってね、それで子供をレンタルしたんだ。けれどこんなことになって……気の毒に」

泰史はP．I．のこと、そしてあの子供のことを考えていた。不可解なことがたくさんありすぎる。

早く穏やかな日々を取り戻したいが、ここまでくると放っておけない。P．I．はあの子の過去を隠した。その他にも絶対、何かあるはずだ。

どちらにせよ、あの子が俺を追っている限り、何も終わらないのだ。

今、どこにいるのだろう。もしかしたらすぐ近くかもしれない……。

泰史は無意識のうちに捜していた。歩いている子供を見るたび、ヒヤリとする。二度と現れないことを祈る……。

周りに気を取られていた泰史は、兄の言葉に少し反応が遅れた。

「ほら、降りるぞ」

いつの間にか、車は五階建てのマンションの前に停まっていた。

「あ、ああ」

二人はオートロックの前で足を止めた。兄は『５０３』と押し、チャイムを鳴らす。間もなく、中年と思われる女性の声が聞こえてきた。

「里谷です」

「どうぞ」

声と同時にドアが開いた。二人はエレベーターに乗り、五階へ向かった……。

最上階の見晴らしはよく、心地よい風が吹いている。都会の景色を眺めているうちに、またあの子のことを考えてしまった。

　東京の、どこかに……。

　兄がチャイムを鳴らす前に、東の奥さんと思われる女性がドアを開けた。ショートカットの綺麗な女性だ。ただ、明るさはない。

「初めまして。東の妻です」

「どうも。里谷です」

　兄は頭を下げる。

「こっちが弟の泰史です」

　泰史も小さく挨拶する。

「どうぞ」

　二人は、フローリングの廊下を進み、リビングに案内された。

　二十畳はあるかと思われる広いリビングには、三人の男性と一人の女性がソファに座って待っていた。その中に、迎えてくれた東の妻が加わる。

　泰史は隣の和室に目をやった。祭壇の上に骨壺が置かれてある。突然死した子供のものだろう。

　全員が立ち上がる。まず最初に自己紹介したのは東だった。

「初めまして、東です。今日はお忙しいところありがとうございます」

見たところ五十代。薄い髪の毛を七三に分けている。小さい背に似合わず顔が大きい。ストレスと疲れがたまっているのか、顔色がよくない。

「笹貫崇です。こっちは妻の美穂です」

二番目の夫婦はまだ若かった。自分と同じくらいだろうか。明るく振る舞ってはいるが、どこか重い空気が漂っている。

「道田憲次です。独身です。どうぞよろしく」

最後の男は俯きながら挨拶をした。こちらも三十代か。雰囲気も表情も声も暗い。人と接するのが苦手なタイプかもしれない。

「とりあえず、座りましょう」

六人はテーブルを囲むようにして座った。キッチンから東の妻がお盆を持ってやってくる。一人ひとりの前に、コーヒーカップが置かれた。一口飲む前に、東が声をかけてきた。

「驚きました。里谷さんの話を聞いて」

「僕もです」

「何もかも常識では考えられない。普通の人間じゃないですよ。まして、あの事故を起こしたバスにまで乗っていたなんて」

「……はい」

「事件のことは、P．I．からレンタルする時、何も言われなかったんですよね？」

「はい。一言も」

「子供を会社に返した時も？」

笹貫崇が横から口を挟んだ。

「やっぱりおかしいですよ。あの会社」

「そうですね」

と兄が口を開いた。

「私たち夫婦は」

東が語りだした。

「子供を亡くしてからずっと寂しい生活を送ってました。それからしばらくしてP．I．の話を聞いて、最初はどうしようかと迷ったんですが、五歳の男の子をレンタルしました。人懐っこい子で、すぐに私たちに慣れてくれました。この子がいればまた幸せになれる。そう信じて一生面倒を見る決意をしました。それが突然……」

「うちもそうです」

泰史は笹貫に顔を向ける。

「私たちにはなかなか子供ができなくて、そんなある日、P．I．のことを知ったんです。みなさんと同じように最初はレンタルでした。三歳の女の子です。ずっと女の子が欲しかったものですから。子供の何もかもが可愛くて、すぐに自分たちの娘にしようと決意しました。赤ちゃんができないのなら仕方ないと。一週間後に、契約金一千万を払いました。貯金の全てです。けれど、全然惜しくなかった。むしろ、働く意欲が湧きました。この子のためにもっと頑張ろうって。でも、東さんや道田さんと同じように娘は……」

「私は」

道田が口を開いた。

「結婚よりもまず、子供を育ててみたいという夢がありまして、P．I．に。そして購入契約を交わした二週間後に……」

東にバトンが戻された。

「おかしなことに、三人が死んだ日も近いんです。どう思いますか、里谷さん」

そう訊かれても……。

答える前に東は続けた。

「私たちはP．I．に抗議に行きました。何か隠していることがあるんじゃないかと。最初から全員、原因不明の病を抱えていて、ここにいるのは、そういう子たちばかりなんじゃないかと。でもP.I.は知らないの一点張りで」

「そんなの絶対嘘に決まってますよね。里谷さんの件だってあるし。あそこの子供は、全員変なんですよ」

笹貫が吐き捨てるように言った。

「里谷さん」

東の口調が急に鋭いものに変わった。

「はい」

「私たちは、P.I.を訴えようと考えています。一千万も払ってこれじゃ納得できない！その時は、協力してくれますよね？」

泰史は、一応頷いた。

「はい」

でも、それで解決するのか。勝ったとしても、契約金を取り戻せるだけでは？
P.I.を潰すことはできても、裏の実態を知ることができるだろうか。自分がこだわっているのは、そこなのだ。
最初から分かってはいたが、こうして集まっても、それを知ることはできなかった。ただ話し合いで終わっただけ。全員の気持ちを確認し合っただけである。

結局、先へは進まなかった。今後もそうかもしれない。

そう思っていた矢先である。

この日の夜、意外な人物から電話があった。

あれほど避けていたはずなのに、自ら連絡をしてくるとは、一体どうしたのだろうか。

「もしもし、小俣だけど……」

7

一月二十三日。月曜日。

仕事を終えた泰史は、会社近くの喫茶店に向かった。

『話があるんだ。時間を作ってくれないか』

小俣が突然どうして？　と疑問を抱いたが、口調からしてかなり深刻らしく、断る理由もないのでこの日の夜に約束したのだ。

もしかしたら子供の病気の件かもしれない。泰史はそう思い始めていた。

小俣は客の少ない一番奥の席にいた。手を膝に置き、ずっと下を向いている。どこか雰囲気が違う。もしかしたら彼自身のことか。

「小俣」

歩みながら声をかけると、小俣はビクリと顔を上げた。

「久しぶり。悪いな、遅くなって」

「いや、全然」

必死に冷静さを保っているかのようだ。妙に落ち着きがない。泰史は向かいに座り、ウェイトレスにホットコーヒーを頼んだ。

「正直、びっくりしたよ。お前のほうから連絡があるなんてさ」

小俣はなかなか顔を上げようとしない。

「元気だったか？」

なぜか、小俣は返事をしなかった。それどころではないといった様子だ。

何があったのだろうか。話があるという割には口を開こうとしない。

「おいおい、どうした？」

尋ねても、彼は黙ったきりだった。話す気になるまで待とうと、あえて急《せ》かさなかった。

どのくらい経ったのだろう、泰史のコーヒーはとっくに空になっていた。

おかわりでも頼もうか、と手を上げようとした時、小俣が突然こう言った。

「四日前、啓太が交通事故で死んだ」

それはあまりに唐突で、意外なものだった。

「え？」

泰史の大声は店内に響いた。

「本当……なのかよ」

嘘を言うはずがないと分かっていながらも確認してしまっていた。小俣の首が縦に小さく動く。

「一昨日通夜で、昨日が告別式だった」

「どうして知らせてくれなかったんだ」

小俣は意味不明なことを言った。

「お前に合わせる顔がなくて。申し訳なくて。でもこのままじゃいけないと思って、思いきって電話したんだ」

「ちょっと待てよ。何の話だ。まさか優のことでまだ……」

涙目の小俣に訊き返す。

「ああ。でも違うんだ」

「何言ってるんだよ」

小俣は長い間を置き、語りだした。

「二ヵ月ほど前のあの日、お前が優君にそっくりな子を連れてきた時、信じられなかったよ。正直逃げ出したかった」

小俣の次の言葉に、泰史は耳を疑った。

「本当に実験が行われていたのかと」

「実験？」

小俣は頷き、あの名前を口にした。

「P．I．」

泰史の頭は真っ白になった。

今、何て言ったのだ。

小俣まで繋がっていたというのか。そういうことなのか？

「里谷、俺がこれから話すことを信じてほしい。そして冷静に聞いてほしい」

混乱していた泰史は返事ができなかった。

「二年前、優君が亡くなった直後、ある男が俺の前にやってきた。その男の名刺には、P．I．と書かれてあった」

泰史は頭を整理しながら小俣の話に耳を傾けた。

「その男は突然こう言ったんだ。たった今死亡した患者の血液と髪の毛、そして皮膚の一部と肉を提供してくれないかと」

　泰史が顔を上げると、小俣は目をそらした。彼は額に汗しながら続けた。

「俺はもちろん断った。理由も分からないのに、そんなことできるわけないと。ましてや友人の子供だ。断固拒否したよ。でも男は俺に大金を積んできた」

「小俣……まさか」

　彼はテーブルに頭をつけて叫んだ。

「すまん！　当時、病気で働けない親父を抱えていた俺は、少しでも金が必要だったんだ。だから……誘惑に負けてしまった」

「小俣……」

　怒りよりも、泰史はどう言葉をかけたらいいのか分からなかった。まさか裏で、そんな事実があったなんて……。

「その男の……P．I．の目的は？」

　その質問に、伏し目がちの小俣はこう答えた。

「クローン……実験のためだと、そう言っていた」

　あまりにも現実離れしているので、驚くよりも先に呆然としてしまった。

「クローン、実験？」

どうにか我に返った泰史は、

「じょ、冗談だろ」

と苦笑いを浮かべた。

「俺だってそう思ってたよ。あくまでも実験なのだと。だから金と引き換えに次々と子供の遺体の一部を提供してたんだ。でも実際、あれほど優君に似た子供がP．I．にいたとなると、信じるよりほかに……」

泰史は身を乗り出して、改めて確認する。

「本当に、本当に男はそう言ったのか？」

「ああ」

全身から、一気に力が抜けていく。

もしそれが事実なら。

その実験が本当に成功したというのなら、あれは優に似た子などではない？　優そのものということなのか。

ではあのリストの子供たち全員がクローンだというのか。

「そんな……嘘だ」

しかし実際、あの子は優と瓜二《うりふた》つだった。考えてみれば似たような行動を見せたこともあった。

電子銃……。

微かとはいえ、記憶まで残っているのか。

「信じられん」

それならどうして私を襲うような……。

違う。それはただ自分が思い込んでいただけなのではないか。

あの子はそんなつもりじゃなかったのではないか。ただ、私たちと一緒にいたかった。それだけだったのでは。捨てられて悲しくて、お願いだから一緒にいてと。

本当に優なのか……。

血の繋がった、私の息子なのか。

しかしどうして耳が不自由なのだ？　そしてなぜあんな姿に？

優ではあるが、優ではない。人間のようでいて、人間ではない？　だから常識では考えられないことばかりが起こったというのか？

そんなまさか。

「里谷、それで今……あの子は？」

その質問に、泰史は口ごもる。

「それが……」

仕方なく、小俣に全ての事情を話した。彼は心底驚いた表情を見せた。

「そんなことが……あったなんて。じゃあ、あの子は今どこに」

泰史は首を横に振る。

「分からん」

小俣は、深く考え込んでいる。

「小俣、でもどうしてこのことを俺に？」

彼は下を向いてこう答えた。

「申し訳ないという気持ちと、もう一つ。P.I.は俺の子供にまで身体の提供を求めてきた。必ず息子さんを作り出してみせますと。それがどうしても許せなくて」

「息子を、作り出す……」

実際、可能なのか……。

それにしてもまさかこんな事実が隠されていたなんて。そんなことは考えてもみなかった。

だが、まだ信じられない。

あれが優だったなんて、そんな……。

何か証拠をこの目で見るまでは納得できない。実験はただの口実で、もっと他の理由があるのかもしれない。

どうしても、認めたくなかった。

自分は、あの子を捨てたのだから……。

「里谷、本当にすまなかった。許してくれ……」

泰史は、小俣の肩にそっと手を置いた。

「もういいさ。そのかわり小俣、俺に協力してくれないか」

泰史の話したその計画に、小俣の顔色が変わった……。

8

時計の針が午後十時を回ったその時、小俣宅のチャイムが鳴った。泰史と小俣に緊張が走る。二人は顔を見合わせ頷いた。泰史は隣の部屋に隠れ、襖《ふすま》を閉めた。それを確認した小俣は玄関に向かった。扉の開く音がする。

「どうも」

まだ若そうな男の声が聞こえてきた。泰史は襖に張りついて、息を殺した。

二人がリビングにやってくる。泰史は、心臓に手をあてて深呼吸した。

「どうぞ」

小俣がソファを示したようだ。座る音が微かに届いた。泰史は気づかれないように、そっと襖を開け、リビングの様子を窺った。

紺のスーツを着た長髪の男。P．I．の人間だ。まだ若い。二十代前半ではないだろうか。その横には銀のアタッシェケース。中には、金か。

「す、すみませんね、相田さん。こんな夜遅くに呼び出したりして」

こちらを意識しすぎている。小俣の口調が硬い。

落ち着くんだ、と小俣に心の中で呼びかけ、泰史は耳を澄ました。

「ありがとうございます。よく決意してくださったと、上の者も言ってます」

そこで一旦、会話が途切れた。

「いつもお世話になっている先生に今回のお願いをするのは気が引けるんですが、仕方ないんですよ。僕も指示どおり動かないといけないんで」

薄笑いを浮かべた相田の嫌味な言い方に、不快感がこみ上げてくる。小俣はただ下を向いて黙っている。

「でも大丈夫ですよ。きっと息子さんは帰ってきます」

その言葉が、胸に強く響いた。泰史は握っていた拳《こぶし》を開いた。

「では先生、早速契約といきましょう。保存されている息子さんの『ブツ』をお願いします」

泰史の眉がピクリと反応する。

いつ出ようか。もう少し待つべきか。

迷っている泰史の耳に、相田のこんな台詞が飛び込んできた。

「協力してもらえるのなら、火葬せずにそのまま遺体をこちらに預けてもらえばよかったですね。それならもっと忠実にお子さんを再現できたんじゃないですかね。まあこれは僕の考えですけどね」

人の子供を何だと思っているんだ。泰史は扉を開けるとリビングに躍り込み、相田の胸倉を思いきり摑んだ。

「な、何だよ、あんた！」

「本当なのか⁉　クローン実験というのは本当なのか？」

突然の事態に相田は慌てふためいている。

「せ、先生！　どういうことだよ、これは！　まさか裏切ったんじゃ。騙《だま》したのかよ」

泰史は更に力を込め、鬼のような形相で迫る。

「答えろ！」

その迫力に負けたのか、相田が口を開く。

「お、俺はただそう聞いてるだけだよ。子供たちを見ると今でも信じられねえけど、上の者はそう言うし。それより、あんた誰なんだよ」

泰史はコートのポケットから生きていた頃の優の写真を取り出して見せた。

「お前らに子供の遺伝子を提供した一人だ」

写真を一目見た相田は硬直した。

「この、子供……」

「もちろん知ってるな」

「あ、ああ。俺たちは今、この九十二番を捜してんだ。とにかく異常なんだよ。バスの事故現場から一人、施設まで歩いて戻ってきたり、本社からは抜け出したり、それに身体には異変が起きてるらしいし。やっと捕まえたと思ったら、その帰り道に大事故を引き起こして逃げ出したんだ。それでまた行方が分からなくなっちまった」

泰史は、肝心な部分を聞き逃さなかった。

「施設？　そこで実験が行われてるのか」

「そうらしいけど、俺はよく知らねえ」

泰史は相田を睨みつけた。

「本当だよ。俺は子供たちを施設から本社に連れていったり、こうしてブツを貰いに来るのが仕事なんだ。実験現場すら見たことねえよ」

「子供たちもそこにいるのか？」

「いや違う。子供らは群馬の第二施設で生活させられてる」

「だったらその実験施設とやらに……」

泰史は躊躇いながら、ズボンのポケットからナイフを取り出し、相田の顔に突きつけた。手が震える。

「どうするつもりだよ」

相田の目に怯えの色が走る。

「あの子は本当にクローンなのか、真実を知りたい。そこへ連れていけ。もし命令が聞けないようなら」

泰史は語尾を強調した。

「殺すぞ」

「こんなことしてタダで……」

「俺は本気だ」

相田の喉からヒッと声が洩れた。

緊迫した空気が張り詰める。泰史は、相田の顔から刃を引いた。

「心配するな。案内してくれれば君には何の危害も加えない。名前だって一切出さない」

相田はしばらく考え、その条件を渋々呑んだ。

「わ、分かったよ。そのかわり、本当に俺には関係ないからな」

泰史は深く頷いた。

「早速行こう。それで、その施設というのはどこなんだ」

ナイフをしまうと、相田は多少落ち着きを取り戻した。

「山梨の山奥だよ。人が誰も来ねえようなところに建ってる」

「小俣」

声をかけると、彼はハッと顔を上げる。

「お前は、どうする？」

そう尋ねると、小俣は立ち上がった。

「俺にも責任がある。一緒に行くよ」

「そうか。ありがとう」

泰史は再び相田を見据えた。

「それじゃあ案内してくれ」

「あ、ああ」

泰史は玄関に向かう。相田はアタッシェケースを持ち、その後ろに小俣が続いた。

外に出た泰史は、二台で行くことを提案した。

「俺が彼の車に乗る。小俣はついてきてくれ。施設に着いたら、君は俺を降ろして適当にどこかへ行けばいい」

相田は了解した。

「分かった」

泰史は黒いセダンの助手席に乗った。相田はエンジンをかけ、ライトをつける。アクセルを踏む前に、彼は弱々しくこう呟いた。

「どうして俺がこんな目に遭わなきゃいけないんだよ……」

泰史はただ前を見つめていた。

これから、実験が行われているらしい山梨の施設へ向かう。

そこで全てが、分かるはずだ……。

9

二人を乗せた車は中央自動車道を下りたあと、真っ暗闇の山道をひたすら走っていた。後ろのライトは小俣の車である。しっかりとついてきている。日付は、とっくに変わってしまっていた。

「あと、どのくらいだ？」

「十五分もしないくらい」

「そうか」

右左と緩やかなカーブが続く坂道を延々と上っていく。周りは木ばかりで、建物がある気配など全く感じないのだが……。

もうすぐだと分かると、再び動悸が速くなる。気持ちを静めるために、彼に話しかけた。

「どうしてこの仕事をやろうと思ったんだ？」

相田は考えるふうもなく、すぐに答えた。

「金がよかったから。ただそれだけ」

確かにそんなような感じだ。

「小俣みたいに取引している医者は他にもいるのか？」

「ああ。数人いるらしい。俺は詳しくは知らねえけど」

クローンの話を心から信じているわけではあるまい。皆、金に目がくらむのだ。

「写真の子供の話に戻ってもいいか？」

相田はハンドルを回しながら頷く。

「別に」

「あのバス事故が起きた現場から、歩いて施設に戻ってきたって言ってたけど」

「本当らしい。群馬の第二施設にな。まあ俺も聞いただけだけど」

事実だろう。その映像が頭に浮かぶ。一人で歩き続ける子供……。

「でも、おかしいのは、あの九十二番だけじゃない」

意外にも相田のほうから口を開いた。泰史は顔を向ける。

「数人の子供が今、突然死してるらしい」

東、笹貫、道田が被害に遭った件だ。

「だからウチは大慌てでさ。急遽《きゅうきょ》、レンタルしている子供の回収作業を行った」

「突然死の原因は？」

「さあね。予測外のことだとか何とか言ってたけど」

「それで君は……信じているのか？」

「何を？」

「クローンの話を」

相田はハッキリとこう言った。

「ぶっちゃけ、どうでもいいよ。金が貰えればそれで」

そうだろう。恐らくはまだ子供などいない彼にとって、何の思いもないだろう。

「でもいろいろな問題があるってことは、そうなのかなとも思うし」

車は闇の中を更に進んでいく。

十分後、

「あれだよ」

と言う相田の声が車内に響いた。

どれだけ上ってきたのだろう。気づけば辺りは平地になっていたが、道が悪いのか、進むたびに車が揺れる。

遥か向こうに、うっすらとだが建物がポツンと建っているのが分かる。周りは木ばかりで、他には何もない。

車が近づくにつれ、その姿は露になっていく。

長方形の三階建ての建物。どこにも窓はなく、灰色の大きな箱が置かれている感じだ。

「中に、入るんだよな」

「もちろんだ」

泰史は表情を引き締める。

「研究員がいると思うけど」

「それでもだ」

覚悟はとっくに固まっている。相田は、建物の少し手前で一旦車を停めた。

「中に入るにはカードと暗証番号が必要なんだ」

「じゃあ開けてくれ。そこで君と別れる」

相田は一拍置いて、了解した。

「分かったよ」

再び動きだした車は、建物の真ん前で停車した。後ろを走っていた小俣は、その横につけた。エンジンを切ると、辺りはしんと静まりかえった。風の音が、微かに聞こえるだけだ。ライトを消すと、一瞬にして闇に包まれた。

三人は、車から降りる。お互いの顔さえよく見えない。

「こっちだ」

相田の言葉に従い、二人は無言のまま進んでいった。

裏に回ると小さな鉄の扉があった。その横には暗証番号を入力する小さな機械に、赤い光が灯っている。

「ここからしか入れない」

相田はそう言いながら番号を入力し、財布からカードを取り出すとリーダーに通した。

すると、赤い光が緑に変わり、カチリと音がした。泰史と小俣は顔を見合わせた。

気持ちを切り替えた泰史は、小俣に合図し扉に手を伸ばした。指先にまで汗をかいている。

深呼吸しなければ苦しいくらいだ。

「これでいいか？」

「ああ」

「どうなっても知らねえからな」

「君には悪いことをした。許してくれ」

立ち去ろうとする相田の背に泰史は言葉をかけた。

「あ、ああ。別に……」

暗闇から声が返ってくる。

「ありがとう」

泰史が礼を言うと、相田はそのまま歩いていった。

「さてと」

中を覗くと、暗くてよく見えないが、細長い通路が続いているようだ。壁はコンクリートの打ちっぱなし。一歩足を踏み入れると、冷たい空気に包まれた。小俣が中に入り扉を閉めると、月の僅《わず》かな光が遮断され、完全に何も見えない状態となってしまった。

急に恐怖感に襲われ、携帯を取り出して蓋を開けた。仄暗《ほのぐら》い明かりが辺りに広がる。それを懐中電灯代わりにして、二人は足音を立てないよう静かに進んだ。

細長い通路は左方向に折れている。その一方向のみだ。

「気をつけろよ」

小俣に耳元で囁かれる。泰史は、返事をする余裕がなかった。

神経を集中させて左に曲がると、また一直線に通路が延びていた。ただ最初と違うのは、幅が広がっているのと、いくつかの扉があること……。

中には何がある？

再び歩きだした泰史は、一つ目のドアの前に立つ。プレートも何もないので、この先の予測がつかない。

「開けるのか？」

小俣の問いかけに泰史はゆっくりと頷いた。

「大丈夫か、おい。もし人がいたら」

その気配はない。中は無音だ。扉の下の隙間《すきま》から明かりも洩れていない。

泰史は息を止めて、扉を前に押した。真っ暗闇の室内を携帯で照らす。

実験施設ということで、いろいろなことを想像しすぎた。六畳ほどの部屋には、テーブルとソファしか置かれていなかった。休憩にでも使われているのだろう。泰史はため息をつき、部屋を後にした。しかし、次の部屋も期待とは違っていた。

研究員のものと思われるロッカーが二十個ほどズラリと並んでいる。泰史と小俣はすぐに三つ目の部屋に向かった。

二人は視線を合わせ、中を確認する。泰史は携帯を前にかざした。

「仮眠室か？」

小俣の言うとおりだろう。小さな一室にベッドが二つ。幸い、そこにも誰もいなかった。

ここにも用はないと、数秒で二人は廊下に出た。

そこで泰史は思った。一階は実験とは関係がないのではないかと。前方に、エレベーターの明かりが微かに見える。

「二階へ行こう」

緊張を孕《はら》んだ小俣の声が返ってくる。

「ああ……」

上に行けば研究員がいるかもしれない。しかし後には引けない。危険を冒してでも真実をこの目で確かめる責任がある。

証拠は、すぐ近くにあるはずだ。

泰史は、エレベーターのボタンを押す。二階で止まっている表示が、一階に下りてきた。箱の中に入った二人は、『2』のボタンを押した……。

間もなく、エレベーターは二階に到着した。かん高い音を立てながら扉が開く。慎重に降りた二人は、通路の先にある扉に目をつけた。一階と同じく、泰史が先を歩く。後ろから、小俣の息遣いが伝わってくる。自分の心臓の音が、小俣に聞こえてしまいそうだ。耐えきれぬほどの緊張と焦りが押し寄せてくる。

泰史は腹をくくり、一番手前にある扉をゆっくりと開けた。中の様子が、少しずつ目に映る。

「ここは……」

部屋に入った小俣がそう洩らす。

泰史も先に進めずにいた。二階は、一階とは全く違う造りだった。

何十畳あるのか予測がつかないほど広い。この大きさの部屋が二階を占めているのだろう。

それは、オフィスのような風景だった。縦十列、横二列の配置でデスクがあり、それぞれがパーティションで区切られている。二ヵ所ほどうっすらと光っているのは、テレビかパソコンの画面がついているからだろうか。それとも、どこかに人がいるのだろうか？

「行こう」

小俣に囁き、泰史は歩きだした。一歩一歩、時間をかけて。

光を放っているのは、手前から二番目の左手側。もう一つは、ずっと先だ。

泰史は恐る恐る中を覗く。黒い回転椅子が目に入った。

どうやら人はいない。しかし、使われている形跡があるということは、建物内にまだ残っているということか？

デスクの上には電源のついたパソコンが一台。その前には、理解不能な図式が書かれてある用紙が何枚もある。

気になったのは、パソコンで作られたと思われる子供の全身のイラストだ。頭や心臓や手や足に矢印が引かれ、明らかに英語ではない文字が記されてある。

「小俣、何て読むんだ？」

医者である彼なら解読できると思ったが、無理だった。小俣は首をひねった。

「専門用語か？　ドイツ語でもない」

「……そうか」

これはやはりクローンに関係するものなのか？

用紙を手に持って、泰史は椅子に腰掛けた。マウスを動かすと、スクリーンセーバーになっている画面が切り替わった。

そこには、同じような化学式が並んでいる。万単位の数値も書かれてある。鉛筆よりも鮮明に描かれているが、いくら考えても解けるものではない。

これ以上見ていても無駄だと、泰史はそのページの×印にカーソルを合わせ、クリックした。すると、また違うページが映った。

その内容に釘付けとなった。

なぜなら、決定的な文字が記されていたからだ。

そこには人の名前と、『製造開始日』、そして『完成日』がいくつも登録されていた。

これが、子供の遺体のデータ？

「これだ！」

泰史はマウスを強く握りしめた。小俣も真剣に画面を見つめている。

しかし一人ひとりの欄の横に、◎や○や×があるのは何だろうか？　まるで、評価みたいではないか……。

ここに優の名前はあるのか？　泰史はカーソルを下げて目で追っていく。

全部で二百以上あるようだ。全員、クローン化したというのか？

『製造開始日』の年月日が、とうとう二年前に突入した。

あるのだとしたら、もう近いはずなのだが……。

泰史は、複雑な気持ちを抱いていた。

小正瞳。

有田新太郎。

小野塚雄太。

「あ……」

隣の小俣が、声を上げた。

泰史も次の名前を見て呆然とした。

白い欄の中に黒文字で、記されてあった。

里谷優。五歳。Ｂ型。

製造開始日、二〇〇三年十月十日。

完成日、二〇〇五年七月二十三日。

その文字が、脳にまでハッキリと伝わってきた。手にしていた用紙が、床に落ちた。カーソルが小刻みに揺れる。泰史は、目を閉じて肩を落とし、吐息とともに呟いた。

「……これだ」

やはりそうだったのだ。

製造日、完成日というのが何よりの証拠だった。

嘘のようだが、あれは優そのものだった。まだ整理はつかないが、そう考えざるをえない。

「優……」

本物だったんだ。血の繋がった息子だったんだ。泰史は、自分が犯した過ちを頭の中で繰り返す。

それなのに私は恐れ、捨てた……。

本当の優を。

涙で、画面がぼやける。泰史は泣いた。悔しくて、自分が許せなかった。感情を抑えられなかった。

「里谷……」

心配する小俣に小さく手を上げる。

「すまん」

涙を拭い、改めて確認する。

優のデータに間違いない。しかし気になるのは、○でも×でもない、△の記号。どの欄を見ても、△は優だけなのだ。

これは一体、何なのか……。

「里谷、出よう。もう十分だよ」

泰史はかぶりを振った。

「三階へ行く」

「どうして」

まだ、心の底から納得できない。

何があるのかも気になる。

「行こう」

泰史は立ち上がり、エレベーターに向かって歩きだした。

「優」

あの老いさらばえた顔を思い浮かべ、泰史はそう呟いた……。


二人は、建物の最上階に到着した。人の姿がないことを確認し、エレベーターを降りる。

三階は、全く印象が違った。

フロア全体が、薄くて青い光に包まれていたからだ。

二人は、腰を屈めて進んでいたが、ガラス張りの壁から見える室内の光景に、泰史は思わず立ち止まってしまった。

中は、まるで病院のオペ室のような造りになっていた。診察台の他に、様々な器具が置かれている。

実験室？　その言葉が不意に浮かんだ。

更に奥の部屋に目をやる。長さ百五十センチくらいの大きさのカプセルのようなものがいくつもある。

あれは何だ？

二人は歩調を速め、入り口へと回った。自動ドアをくぐって中に入ると、ズラリと並んでいるカプセルに歩み寄った。しかし、その中を見て思わず後ずさった。

小さな足だ。曇りガラスで何が入っているのか分からなかったが、足だけが確認できる。

その他のカプセルも全て……。

この中には、クローン化した子供が保管されているのだろうか？

「おい、里谷」

怯えきった小俣に服を摑まれる。愕然としていた泰史は動けなかった。

「本当だったんだ。奴らは本当にクローンを」

小俣がそう口にしたその時だ。どこからか、足音が聞こえてきた。

「まずいぞ」

小俣に腕を引っ張られ、泰史は『実験室』から廊下に出た。そのままエレベーターに乗る余裕はなく、二人は壁に張りついて屈んだ。危機的な状況にもかかわらず、泰史の頭のスクリーンには、優が映っていた。

男たちの話し声がする。研究員だろうか。三階にやってきたようだ。自動ドアをくぐったらしく、声がハッキリと伝わってきた。壁の、すぐ向こう側にいる。

「聞いたか？　また今日も突然死したコピーが出たって」

泰史はコピーという言葉を耳にし、男たちの会話に集中する。子供のことを言っているのだとすぐに理解した。

「ああ。研究をし直す必要があるだろうな」

「このままじゃ、いい加減やばいよな」

「だな」

「それより、問題はあのコピーだよ。九十二番」

「九十二番……」

泰史は小さく呟いた。優のことだ。

「あのコピーだけはマジ恐ろしいよ。何であんなモノができちまったのか」

泰史は、次の台詞にショックを受けた。

「製造段階では普通だったよな。途中でミスがあったか……。あれだけは意味不明だけど、実際、成功でも失敗でもなかったしな」

脳裏に、△記号が浮かんだ。

成功でも、失敗でもないとはどういうことだ？　その疑問と同時に、泰史の中でクローンへの疑いが確信に変わった。

やはり、あの子は優のクローンだった。

しかし優は、中途半端に作られた？　泰史は、更に衝撃的な事実を知らされた。

「まあ、どうせ、あれもそろそろ時間切れだろ。同時期に製造したコピーが次々と突然死してるからな」

「いや、とっくに死んでるかもしれないぞ。そのほうが好都合だけどな」

自動ドアが閉まる音がした。

「おい里谷、今だ、逃げよう」

小俣に促されても、泰史は立ち上がれなかった。

「時間切れ……」

優の笑顔が、消えた。

「死が、近い？」

あれは優なんだ。でも受け入れられるはずがない。頭がどうかしてしまいそうだ。

「逃げるんだ、里谷」

泰史は半ば強引に、エレベーターの前まで連れて行かれた。小俣がボタンを押し、扉が開いた。

その音が、階段にいる男たちに聞こえてしまったようだ。

「何だ？」

そういう声とともに足音が近づいてきた。二人は戸惑いながらもエレベーターに乗り込む。が、姿を見られた。

「誰だ！」

その時にはもう扉は閉まっていた。

小俣は『1』のボタンを連打する。機械はゆっくりと下りていく。

「まずい。まずいぞ、里谷」

泰史は、ただ一点を見つめていた。

「優……」

ようやく『1』のところで光は止まり、扉が開いた。

ているだけだ。


「里谷！　急げ！」

携帯の明かりを頼りに、小俣が前を走る。泰史は状況を把握していない。ただ引っ張られているだけだ。

「どこだ！」

遠くから男の声がする。

いつしか入り口の扉を出て車に向かっていた。

「里谷！　もっと速く走れ！」

近くに停めていたのが幸いした。

「乗るんだ！」

「誰だ、お前ら！」

白衣を着た二人の男たちが猛然と走ってくる。小俣は急いでエンジンをかけ、アクセルを踏み込んだ。タイヤと土が擦れ合いスタートが遅れたが、何とか男たちを振り切ることができた。

小俣は、坂道を運転しながらバックミラーを一瞥して呟く。

「危ないところだった。あいつら、やっぱりクローンを」

一方の泰史は、ただただ後悔していた。

あれは本物の優だったのにと……。

「どうして俺はあんなこと」

あの姿を憎み、恐れ、最後には突き放して捨ててしまった。

「お前は知らなかったんだ。自分を責めるなよ」

それは言い訳だ。自分を許すことができなかった。

優は、私たちと一緒にいたかっただけなのだ。そうだったのだ。

泰史は再び、涙を流した。

「里谷……」

とにかく、やらなければならないことはただ一つ。

「優を捜さなきゃ」

男たちの言葉は信じない。

あの子はきっと生きている。死ぬわけがない。

「でも里谷、捜すったって」

問題はそこだ。

優は今どこにいる。一人で寂しい思いをしているに違いない。

一刻も早く。

しかし、見つけようなど……。

「いや」

心当たりはある。もしかしたらあそこに。

泰史は、ハンドルを握る小俣に行き先を告げた。

「元の自宅へ、行ってくれ」

考えられるのはそこしかない。可能性は低いかもしれないが、賭けるしかない。

「分かった」

泰史はただ願う。優がいることを。

二人は東京へと急いだ……。

10

もう二度と過ちは犯さない。だから私を、許してくれ。死なないでくれ。

優に会いたい……。

東京に着いた頃にはもう、空は明るみ始めていた。中央自動車道から首都高に入った車は、百五十キロの猛スピードで駆け抜けていく。泰史は先を見つめながら祈り続け、そして信じた。じっとしているのが辛かった。気持ちが落ち着かない。

「もう少しだから」
P.I.に行ったあの日からの出来事が、走馬灯のように頭を巡る。
どうしてもっと大切にしてやらなかったんだ。なぜ、優のメッセージを理解することができなかったんだ。本物の優だったのに。俺は最低の父親だ。助けようともしなかった。冬美は正しかった。あの子がどんな醜い姿になっても、心の変化はなかった。

どうかしていたのは、私のほうだった。

「優……」

胸が張り裂けそうだ。一刻も早くこの手で抱きしめてやりたい。

二人を乗せた車は高速道路を下り、国道を一直線に走っていく。要所要所で小俣に道の確認をされ、泰史は全てに「そうだ」と答えていたが、周りの景色など見ていなかった。他のことに頭が回らなかった。

しっかりと物事を考えられるようになったのは、自宅のあった住宅街に入ってからだ。

「確かあそこだったな」

小俣が前方を指差した。

「……ああ」

優のために三十年のローンを組んで買った一戸建て。カーテンのない二階の窓が見える。優の部屋だ。

車が家の前に停まったと同時に泰史は助手席から飛び出し、玄関に走った。そして、周りを確かめる。

しかし、優はどこにもいなかった……。

やはり願いは通じなかったか。

諦めかけたその時である。泰史は、一階の寝室の窓に気がついた。

ガラスが派手に割られている。

「優！」

泰史は窓の前に立ち、中に手を突っ込む。慌てていたせいか、手首を軽く切ってしまった。

「いっ……」

顔をしかめ、痛みに耐えながら鍵を開け、土足のまま中に入った。

家具も何もないひっそりとした部屋を抜け、リビングに向かう。

「優！　いるのか！　優！」

広い空間に、泰史の声が響く。

いないのか。

だが間違いない。優はここへやってきた。二階か。

泰史は階段を駆け上がった。

すぐに、足を止めた。

今、聞こえた。微かにだが、優のものである。

まただ。泣いているような声。

「優！」

ドアが開いていた。

泰史は叫びながら優の部屋に駆け込んだ。暗い部屋の真ん中に、ポツンと佇《たたず》む一人の子供
……。

優が、そこにいた。

「あーあーあー」

泰史の姿を見て、優は声を発した。

「優……」

泰史は涙を浮かべながら優に歩み寄り、小さな身体を抱きしめた。

「ごめんよ。パパを……許してくれ」

もう、顔は人間とは思えないほど醜く変化していた。まるでミイラのように。髪の毛も、

半分以上がなくなっている。身体についていた肉も削げ落ち、骨を抱いているようだった。しかし泰史の目には、優が映っていた。安心した表情に見える。

「もう離さないぞ。絶対に一人にしないから」

泰史は目を閉じ、胸の中にいる優を感じた。マンションに連れて帰り、また一緒に生活しよう。他人のことなどもう気にしない。

幼稚園に入れてやろう。オモチャを買ってやろう。また、三人で公園に行こう。

今度こそ、幸せな家庭を。

だが、その夢は叶《かな》わなかった。一瞬にして消え去った……。

優にも、『その時』がきてしまったのだ。

まるで、泰史が来るまで待っていたかのようだった。

突然、激しい声を上げて優は苦しみだした。

「あー」

「おい？　どうした？」

「あーあー」

優の全身が痙攣《けいれん》を始めた。抱きしめても止まらない。それどころか激しくなる一方だ。

体温が急激に下がっていく。心臓の動きが、弱まっていく。

「優？　優！」

もう、手遅れであった。

「ばーばー」

優は最後にこう言った。

泰史には、パパと聞こえた。

優の目の辺りから、黒い液体がスーッと流れ落ちた。

細い身体が、泰史の胸にもたれかかった。

息が、止まった。

それはあまりにも早すぎる別れであった。

「優？　優？」

返事は、ない。

心臓も、動かない。

死。泰史の頭に、その一文字が浮かび上がった。二年前のあの時と重なる。

「嘘だ……嘘だろ、おい？　優？　起きてくれ！　おい！」

いくら呼んでも、戻ってきてはくれなかった。だが、諦めきれない。

置いてかないでくれ。

私はまだ、罪を償っていない。

「優！」

どれだけ叫んでも、優の魂には届かなかった。

「里谷……」

二階にやってきた小俣の、悲しみに満ちた声が遠くから聞こえる。

泰史は、優を抱えながら泣き崩れた……。


どれほどの時間が経ったか。空は、明るくなっていた。泰史は、窓から差し込む光を浴びながら、優の遺体を抱きかかえていた。涙は涸《か》れてしまっていた。悲しいのに、泣けないのだ。せめてもう少し一緒にいたかった。守ってやれなかった自分が情けない……。

「里谷」

後ろから小俣に声をかけられる。

「……ああ」

泰史は、優との別れを決意した。

辛いが、いつまでもこのままというわけにもいかなかった。

泰史は優の遺体をそっと抱き上げ、部屋を後にした。そして、リビングに向かうと窓を開けた。

雑草ばかりの庭。この家を買った時、三人でいろいろな花を咲かそうと約束した。春夏秋冬、色とりどりの庭にしようと……。優を、ここに埋めてやろう。この子はここを愛している。それが一番いいと思った。

泰史は地面に遺体を置き、手で土を掘っていく。

「お、おい里谷」

「いいんだ」

懸命に穴を掘っていると、こんな思いが芽生えた。

そうだ。もう一度この家に戻ってこよう。ここに居れば、いつでも優を感じられる。

また、ずっと一緒に生活できる……。

その時、全身に稲妻のような衝撃が走った。泰史の手が突然止まった。

どうして私は、今頃こんなことに気がついたのだ。

泰史は優の遺体を見つめ、次に小俣に視線を向けた。

「ど、どうした?」

「小俣……」

泰史の表情は、狂気に満ちていた。

エピローグ

一週間後、里谷家は引っ越しの日を迎えた。泰史は、業者の人間と荷物をまとめていた。優が大切にしていた電子銃だけは、ダンボール箱には入れず、手で持っていくことにした。

「里谷さん、もう大丈夫ですから外でお待ちください」

業者の人間にそう言われ、

「分かりました。じゃあお願いします」

と笑顔で返した。

部屋を出た泰史は、車の中で待つ冬美の元へ向かった。ドアを開け、運転席に座る。

「あなた……」

冬美は少しずつ自分を取り戻しつつあった。その証拠に、こうして自分のほうから口を開くようになった。言葉数は少ないが、泰史は安心していた。

優はもういないのだと、ようやく認識したようだ。

「もう少しで作業が終わるそうだ」

「そう……」

「またあの家に戻れてよかったな、冬美」

「ええ」

彼女は俯き加減のまま答える。

もっと時間が経てば、冬美は昔の自分を取り戻すだろう。

不意に窓を叩かれた。目の前に業者の人間が立っている。

「全て終わりましたので、これから現地に向かいます」

「分かりました。では、私たちも」

泰史は再び、冬美を見つめる。

彼女は今、己と闘っている。必死に現実と向き合っている。

本当によかったのだろうか、私がとった選択は……。

一番の罪だと分かっている。だが仕方なかったのだ。このままでは後悔しか残らない。

「行こうか」

泰史はエンジンをかけ、アクセルを踏む。

心の中にいる優に、こう声をかけた。

待ってるから……。

山梨第一施設の三階では、白衣を着た三人の男たちが輪を作っていた。

「この前施設に侵入した二人組、まだ捕まっていないらしいけど、一体何が目的だったんだろうな」

興味深そうに宗田はそう話す。

「パソコンのデータがいじられていたそうだが……」

鈴木はそう言って、クスクスと笑った。

「見たって何も分からないのにな」

宗田は納得するように頷く。

「組織の実体を暴いて、金でも請求するつもりだったんじゃねえのか？」

「そうかもな」

宗田と鈴木の会話の途中で、唯一、メガネをかけている塚田が、突然話題を変えた。

「そういえば昨日、また新たなブツが運ばれたんだよ」

それを聞いた鈴木が、何ということはないように答えた。

「ああ知ってるよ」

話は、それで終わりではなかった。

「今回の提供者、小俣先生らしいぜ」

鈴木と宗田は顔を見合わせる。

「じゃあ、まさか息子さんの？」

「調べた結果、どうやら違うみたいだ」

二人は、怪訝な表情を浮かべる。

「ってことは、一般の患者のだろ？」

塚田は、こう言った。

「呼び出されたらしい。社員が小俣先生に」

宗田が眉間に皺を寄せた。

「どういうことだ？」

「その人間のコピーを作ってほしいってことだろ？」

鈴木が呟く。

「知り合いの子供が亡くなったのかな」

塚田が、呆れたように鼻を鳴らした。

「だとしたら馬鹿だよな」

そう言いながら、カプセルの前に立つ。そして、スイッチを押し蓋を開けた。

中には、人間を模《も》した蠟《ろう》人形……。

髪のない、目をパッチリと開けた全裸の男の子。微かに笑みを浮かべている。

塚田はカプセルの傍にある保管庫に視線を移し、歩み寄る。そして、両手で扉を開けた。

薄暗い保管庫から大量の冷気が洩れてくる。

中には、赤黒い臓器がビニール袋に入れられて、いくつも並んでいた。塚田は、そのうちの一つを手に取った。

「これだよ。小俣先生が持ってきた臓器ってのは。相当モノが悪いな」

しばらく臓器を眺めていた塚田は、近くにあるポリバケツの蓋を開けた。その中は、血に染まった皮膚や髪の毛、そして臓器で溢れていた。

「本当に信じてんのかな。クローンの話なんて」

そう言った塚田は、小俣から依頼された臓器をポリバケツの中に投げ捨てた。

ベチャリ。

生肉同士がぶつかり合う音がすると、三人は顔を見合わせ、不気味に笑ったのだった……。

解説

柴田一成

僕と山田悠介氏が初めて会ったのは『リアル鬼ごっこ』映画化の話が立ち上がった時である。

彼のデビュー作であり自費出版でありながら異例のヒット作となった『リアル鬼ごっこ』は、奇想天外な発想とパワーに満ち溢れていた。この原作の映画化にあたり、当初僕はプロデューサーとして携わっていた。その時すでに、山田氏はベストセラー作家として人気があり20代前半の若さだったにもかかわらず落ち着いた印象だった。そして、僕が考えた映画版としてのストーリーやキャラクター設定の提案も快く受け入れてくれた。

小説やマンガと違い、映画は予算など様々な理由で、そのまま原作をダイジェストのように映像化できない場合がある。そこを原作者が理解してくれないと成立しないことが多々あるが、彼はとても柔軟だった。そのおかげで僕は自分なりの脚本を書き上げることができ、最終的には監督をするに至った。

かくして映画版『リアル鬼ごっこ』は、その規模のものとしては大ヒットといえる成功を収めたが、その要因はやはり彼のオリジナルの発想の面白さとキャッチーなタイトルにあったのだと思う。

２００1年の作品である『リアル鬼ごっこ』は、中高生を中心にベストセラーとなったが、7年後の今も、映画の宣伝を機に再び中高生どころか小学生の間でもブームとなっている。そして、現在では大学生や社会人となっている当時からのファンも巻き込んで、映画をヒットへ導いてくれたのだった。


なにが彼らを熱狂させるのか？　山田氏の持つ若いセンスだろうという意見は容易に想像できる。

が、僕はそれだけではないと思う。

彼の作品には、常に人を楽しませようとする精神が感じられるのだ。いたずら心といってもいい。主にそれは怖がらせる方向に向けられているが、怪談やホラー映画と同様、恐怖も人々を魅了するエンタテインメントであるという点では同じだ。

僕の映画作りに対する姿勢と共通している。

小説にせよ映画にせよ、通常、作家はなにか人々に訴えようとするテーマがあり、その表現として作品を創り上げるものだが、山田氏や僕は、まずどうやったら人を驚かせワクワクさせるかというところがスタート地点になっている。「作家性」と「娯楽」というのは、対照的に語られることが多いが、山田作品は明らかに後者に比重が置かれている。

さらに彼は、主人公に必ず等身大の視点を持たせている。

そう、等身大というところが若者に受けるのだ。日本映画でもそこは大きなポイントである。

もちろん『スター・ウォーズ』のように壮大な架空世界のキャラクターたちが活躍するものも人々に受けるが、その多くはハリウッド映画のように外国人が演じ、巨費を投じたビジュアルがあってこそ成立するものだ。日本人が演じ、日本が舞台である邦画の場合は、より現実的で身近な題材や人物を持ってこなければ観客はなかなかその世界に身を委ねられない。

山田作品も同じで、主人公の視点は若い読者のそれとほぼ同じであり、日常の延長線上にある。その〝よくある日常〟に、なにかとんでもない、ありえない事象がうまく絡めば話は

面白くなる。その事象が突飛すぎると人は退《ひ》いてしまうし、想像の範囲内だとナメられる。

山田氏はその設定加減が絶妙なのだ。どう絶妙かというと、前述した事象の突飛具合が、中高生くらいの年齢層が一番「面白そう」と思えるものになっていることだ。『リアル鬼ごっこ』でいうと、日本に王様がいるという設定になっているのだが、これを聞いただけでダメだという人はいるだろう。大人になればなるほどそう感じるはずだ。だが若い世代はそれを「ウケる」と捉える。そこには、僕のようにいい歳になってもそうしたものを面白いと感じてしまう大人も含まれるが……。


また、彼の作品はタイトルがいい。『リアル鬼ごっこ』『あそこの席』『×ゲーム』『親指さがし』……どれも思わず読んでみたいなと、人々に想像を掻き立てさせるものになっている。

本人いわく、最初の頃は、すべての作品がまずタイトルありきで執筆していたそうで、題名を決めてから物語を構築していくのは、まさに人を「楽しませたい」、「驚かせたい」というたずら心からスタートしていることの証明だと思う。

そしてそのタイトルが表す言葉は、いかにも中高生たちが身近に感じる語感で、ここにも前述のとおり等身大の視点が表れている。

そして山田氏の文章、これは賛否両論があるが、彼の文体はこれまた等身大の素直な感情を連ねたスタイルだと思う。文学的なものとはかけ離れているかもしれないが、逆に活字離れと言われて久しい小中高生にはしっくりきているのも事実だ。若い読者は、アニメやテレビを観た時に自分が発する感情や感想をそのまま山田氏の文章中に見出《みいだ》し、共感を覚える。

評論家の書評や読者のレビューでしばしば見られる否定的な意見は、彼の作品の売り上げ部数と見事に反比例している。総計何百万部にもなるというのは、読者に響いているものが確実にあるということだ。普段本を全く読まない子供たちに、読書の面白さを喚起させている点は見逃せない。

さて本作『レンタル・チルドレン』であるが、『リアル鬼ごっこ』のような極限ものではなく、『親指さがし』と同様、ゾッとさせるホラーとなっている。最後にどこかせつないものが込められている点も山田作品らしさといえる。

もしかしたらスティーブン・スピルバーグの『A.I.』に着想を得たのかも知れない。昏睡状態の息子の代わりに夫婦が手にしたロボットの子供・デイビッドが感情を持つようになり、自分を預かった家庭で愛情とアイデンティティを求めるようになる。しかし人間はそれを冷たく突き放す。「ピノキオ」をなぞったそのストーリーは、デイビッドが抱く「いつか人間

になりたい」という夢を追っている。だから観客はデイビッドに感情移入し、彼に涙するのだ。

一方、『レンタル・チルドレン』の優の事を、読者は気味の悪い存在として読み進める。この先どう里谷夫婦に災いをもたらすのか……。言葉を失い、「あ〜う〜」という声しか発せない設定も、恐ろしさを増幅させる。

しかし最後には、優の中に『A.I.』のロボット・デイビッドに対するものと同じ感情を見出すことになる。姿かたちは変わっても中身はほんとうの息子であることが分かるからだ（もっとも最後の最後に山田氏はどんでんがえしを用意しているが）。そこが、本作を単なる化け物や幽霊が襲ってくる恐怖のみを追求した〝Jホラー〟にはさせていないポイントだと思う。

スピルバーグは、小さな子供に対し夢いっぱいの愛情と自身の童心を込めた視線を持っているが、『A.I.』の原案者であるスタンリー・キューブリックは、逆に子供の中に邪悪で未知の恐ろしさを見出している、となにかで読んだ覚えがある。が、『レンタル・チルドレン』にはその両方が同居していると感じた。

というのも、本作は『A.I.』の要素と、ジェイコブズの短編小説『猿の手』のような気持

ち悪さを合体させているからだ。

三つの願いを叶えられるという「猿の手」を手にした夫婦は、まず金が欲しいと願う。しかし工場で機械に巻き込まれて息子が死に、その保険金が舞い込む。願いは叶っても多大な代償が待っていることを悟る夫だが、悲しみにくれる妻は、死んだ息子が生き返ることを望む。深夜、夫婦の家の扉が激しく叩かれる。第二の願いは叶い、玄関の向こうには蘇った息子が帰って来ているのだ。狂喜の妻が扉を開ける寸前、夫は第三の願いを唱える。死人を蘇らせないでくれと。妻が扉を開けると、そこには誰もいなくなっていた。という話だが、息子が得体の知れない存在となって戻ってくるゾッとするような恐怖は『レンタル・チルドレン』のそれと同じである。その気味の悪さこそが本作の一番の魅力だろう。

『A.I.』を引き合いに出したが、そういえばスピルバーグもまた観客をいかに怖がらせるか、ということを基本的なスタイルとしている。『激突!』『ジョーズ』『ジュラシック・パーク』……どれも、その精神に満ち溢れている。

こうした作品は、驚かせるだけで中身がないとする意見もあるが、映画であれ小説であれ、そのようなエンタテインメントこそ、構築に大変な労力を要するはずだ。

人間の内面、恋心や苦悩といったドラマは作者の感じ方や思想が読者と合致すれば共感を

得られるが、ストーリー上の娯楽を追求すると、極論は、面白いかつまらないかのどちらかしかない。

だから発想が大事だしテクニックが必要となる。

私小説のように人の感情を思うままに綴るよりも、話の展開を練ることの方が難しいと僕は思う。無難なラブストーリーに文句はつけづらいが、娯楽作品には少しでも設定や展開に甘い部分があるとすぐさまツッコミや非難が浴びせられる。僕も自分の作品で経験済みだが、作品数の多い山田氏はその比ではないだろう。

だが、多くの読者が彼の作品にハマり、次回作を待ち望んでいる。いろんなツッコミを入れながらも、結局はみんな娯楽作品が大好きなのだ。

だからこそ山田氏には今後もエンタテインメントを大いに追求していって欲しいし、そこに期待せずにはいられないのだ。

――映画監督

２００８年２月20日

この作品は二〇〇六年一月小社より刊行されたものです。

幻冬舎文庫

●好評既刊
リアル鬼ごっこ
山田悠介

〈佐藤〉姓を皆殺しにせよ！ 西暦３０００年、国王は7日間にわたる大量虐殺を決行。佐藤翼は妹を救うため、死の競走路を疾走する。若い世代を熱狂させた大ベストセラーの〈改訂版〉。

●好評既刊
Aコース
山田悠介

五人の高校生が挑んだ、新アトラクション「バーチャワールド」。「Aコース」を選んで炎の病院に閉じ込められた彼らは、敵を退け、そこから脱出できるのか？ 書き下ろしシリーズ第一弾。

●好評既刊
親指さがし
山田悠介

「親指さがしって知ってる？」 由美が聞きつけてきた噂話をもとに、武たち5人の小学生が遊び半分で始めた死のゲーム。女性のバラバラ殺人事件に端を発した呪いと恐怖のノンストップ・ホラー。

●好評既刊
あそこの席
山田悠介

転入生の瀬戸加奈が座ったのは〈呪いの席〉だった。かつて、その席にいた三人の生徒は学校を去っている。無言電話に始まり、激しさを増す嫌がらせの果てに、加奈が辿り着いた狂気の犯人は？

●好評既刊
×《バツ》ゲーム
山田悠介

小久保英明は小学校の頃に「×ゲーム」と称し、仲間4人で蕪木毬子をいじめ続けていた。あれから12年、突然、彼らの前に現れた蕪木は、積年の怨みを晴らすために壮絶な復讐を始める……。

レンタル・チルドレン

山田《やまだ》悠介《ゆうすけ》

平成20年4月10日　初版発行
平成28年11月10日　28版発行

発行人――石原正康
編集人――菊地朱雅子
発行所――株式会社幻冬舎
〒151-0051東京都渋谷区千駄ヶ谷4-9-7
電話　03(5411)6222(営業)
　　　03(5411)6211(編集)
振替00120-8-767643
印刷・製本―中央精版印刷株式会社
装丁者――高橋雅之

検印廃止

幻冬舎文庫

ISBN978-4-344-41123-4　C0193　　や-13-7

幻冬舎ホームページアドレス　http://www.gentosha.co.jp/
この本に関するご意見・ご感想をメールでお寄せいただく場合は、
comment@gentosha.co.jpまで。